藝 文 叢 刊

呼桓日記

〔明〕項鼎鉉 撰
吴 迪 點校

浙江人民美術出版社

圖書在版編目（CIP）數據

呼桓日記 / (明) 項鼎鉉撰 ； 吴迪點校. -- 杭州 ：浙江人民美術出版社，2025. 1. -- (藝文叢刊).

ISBN 978-7-5751-0325-1

Ⅰ. I264.8

中國國家版本館CIP數據核字第2024R7G143號

藝文叢刊

呼桓日記

〔明〕項鼎鉉 撰　吴　迪 點校

策劃編輯：霍西勝
責任編輯：楊雨瑶
文字編輯：吴嘉龍
責任校對：羅仕通
責任印製：陳柏榮

出版發行　浙江人民美術出版社
　　　　　（杭州市環城北路177號）
經　　銷　全國各地新華書店
製　　版　浙江大千時代文化傳媒有限公司
印　　刷　杭州高騰印務有限公司
版　　次　2025年1月第1版
印　　次　2025年1月第1次印刷
開　　本　787mm×1092mm　1/32
印　　張　6
字　　數　118千字
書　　號　ISBN 978-7-5751-0325-1
定　　價　38.00圓

出版説明

項鼎鉉（一五七五—一六一九），字孟璜，初字稺玉，號扈虚，别號魏齋、洪謨，浙江嘉興人，明萬曆二十九年進士。著有《實録紀異》《魏齋佚稿》《學易堂筆記》《名臣寧讓編》《呼桓日記》等書。〔一〕

項鼎鉉是晚明嘉興地區望族項氏家族的一員，著名收藏家項元汴是他的從祖父。他的祖父項篤壽，嘉靖四十一年進士，官廣東參議、南京考功郎中，是著名藏書家，朱彝尊稱其「性好藏書，見秘册輒令小胥傳鈔」，藏之「萬卷樓」。〔二〕他的父親項德楨是萬曆十四年進士，官至河南副使，著有《項襄毅公年譜》等書。

項鼎鉉一生未仕，二十七歲中進士後即閒居鄉里，優游林下以終。〔三〕他性情狷介，不求知於當世，而有「書」「酒」「古」三癖，博涉群書，雅好丹青，常所交游的董其昌、陳繼儒、李日華等人，皆一時名士。他「非異人不迎，非異書不讀」，交遊讀書之心得，皆「舌記而掌録，朝修而暮纂」，以爲「擁書南面，高卧北窗」之樂。〔四〕《呼桓日記》就是他「舌記而掌録」的成果之一。

《呼桓日記》五卷，〔五〕是項鼎鉉萬曆四十年壬子五月至九月中旬的日記。他早年游歷塞外，暫居京師，曾撰有名爲「是邦也録」的筆記，因語涉諱忌，自投於火。該年四月，酒席間觀李日華日記，見獵心喜，重操故筆，因有是編。「呼桓」，即呼喚「桓」。傳説「桓」是能鎮伏瘧疾的神靈，患瘧疾的人只要呼喚它的名字，就能痊愈。項鼎鉉這年夏天苦於患瘧疾，因「志困也」，故以「呼桓」名編。同时，这也是病痛中的幽默自嘲，權當文字解脱。因爲據項鼎鉉「研究」，瘧鬼「嗜奇嗜韻」，「耽情洽聞」，喜歡聽奇聞異事，於是「誘人於筆塚墨池間」，而他自己也正好借此「一往參微」，從病處悟入於道。

《呼桓日記》所記前後不滿五個月，總共不到七萬字，但記録的内容極其豐富。舉凡交游、時事、人事、史事、地理、醫方、曆算、星占、卜卦、農事、園藝、民俗、藏書、書畫、古器、美食、養生、諧謔、家事、異聞等等，幾於無所不録，細瑣駁雜，不失日記本色。是編的重要價值，早已爲人所注意，并在多種著作中引用參考。〔六〕整理出版此書，想必能讓它得到更多的關注和利用。

此書目前僅見中國國家圖書館（原北京圖書館）藏清抄本（索書號：05702），後來影印收入《北京圖書館古籍珍本叢刊》，本次整理即以該影印本爲底本。原書有幾處缺頁，暫時無從查補。書内大段引用或鈔録他人文字的部分，以楷體排印，個別因不清晰而無從識讀的字句，能據引書查證的皆做了補正，不出校記。

點校者

二〇二四年七月二十二日

注釋

〔一〕龔肇智：《嘉興明清望族疏證》，方志出版社，二〇一一年，第三百八十二頁。

〔二〕龔肇智：《嘉興明清望族疏證》，方志出版社，二〇一一年，第三百八十二頁。

〔三〕項鼎鉉二十三歲時（萬曆二十五年丁酉）以錦衣籍中式，二十七歲成進士（萬曆二十九年辛丑）。選授庶吉士時，因考試筆迹與廷試試卷有異，「命覆試，試日稱疾不出」，遂被劾罷歸。參萬木春：《味水軒裏的閒居者：萬曆末年嘉興的書畫世界》，中國美術學院出版社，二〇〇八年，第一百五十頁，并所引《嘉禾獻徵録》《國史唯疑》。

〔四〕陳繼儒：《壽項孟璜太史四十序》，見《晚香堂集》卷七，明崇禎刻本。

〔五〕《千頃堂書目·小説類》著録「項鼎鉉《呼桓日記》十二卷」，石昌渝主編：《中國古代小説總目·文言卷》引用，并説明「今有清鈔本，藏中國國家圖書館」。《嘉興明清望族疏證》、《嘉興歷代進士藏書與刻書》等書，記録有「《呼桓日記》十二卷」。今所見《北京圖書館古籍珍本叢刊》第二十册影印《呼桓日記》鈔本，僅五卷。從此本自序，及末條「人事紛控，乃輟筆」來看，今存五卷本似爲完璧。

〔六〕如清人程讓光《外科秘授著要》摘《呼桓日記》中的一劑方藥成「荷葉飲」；張小莊、陳期凡《明代筆記日記繪畫史料彙編》摘有《呼桓日記》數條；劉炳濤《明清小冰期：氣候重建與影響》引用《呼桓日記》的逐日氣象記録，研究明代氣候；朱道初《「大嵩石」與「大松石」的來龍去脉》以《呼桓日記》的資料考證寧波地區出産的印石。

目録

夏五日記序

蓋余嘗緇服思玄，鹿裘念一，北走霧靈山最絶頂，所覩塞垣卓絶事，或賓從譃致，并概青雲。日惟鉛槧不休，顔之曰「是邦也録」。京師地咫尺即語屬諱避，以確故多不廢書。書生不自慮媒蝎如此，里居一往盡於火。今時記存，雖襟契可誦一二，抵觸鉗忌，汗猶津津洽背也。

是月之前一夕晦，酌沈叔敷、李君實、岳季有余魏園中，歡然一石飲。方季有理北裝，君實舉嘗所賦《手》《柳》《酒》三則歌之，叔敷曰：「何謂也？」君實述古語：「陜西鳳州伎女不甚姝麗，而手多纖白；城外柳萬株，春日潑翠可愛，異他州者；百姓户善釀酒，謂之『鳳城三絶』。曰『手』『柳』『酒』，蓋挽長條、捧玉斝，必藉纖纖從事。此三物者，送行者所必須。」余領其韻暢，惜不鉛槧如曩時。

君實自條所日記者，勵余初志。余不勝見獵，翼日謹識君實夜三則，而後隨見聞日麗於寒暑陰晴之後，曰「夏五日記」。「夏五」者，以仲之夏朔旦志始也，較所得即孰與君實奢矣。

萬曆壬子，項鼎鉉自題。

改題呼桓日記序

「呼桓」者何？「桓」，鎮惡威勇，患瘧者第呼其名，輒自愈。往余夏五後漸苦瘧，日恒有所筆，今出而梓之，改題「呼桓」，志困也。

余惟人徵逐名場，雖骨挺肉擁，轉於道不親，一往參微，多從病處悟入。昔疑病者二豎所爲，余較勘豎故侵人。顧惟瘧鬼，嗜奇嗜韻，覩諸記載：如《道樞》之述大坐養生法，按以吸噓則頓已；《酉陽》之述乾沱國梵米，能服粒許則永斷。鬼果愛癖至此耶？至於識人星者，不沾此疾，而會聞杜老「血糢糊」之句，乃因霍解，如兹者不可殫計，胡耽情洽聞，善誘人於筆塚墨池間也？夫時有淫情，有溢病，蓋聖賢所不免，而獨曰「來病君子」之謂瘧，抑何寃哉？暇日容我彙其事成帙，用當鴛鴦瓦否。

月之重九，項鼎鉉題於翰籠居。姪貞度書。

呼桓日記卷之一

壬子五月朔。風，晴。

君實示《手》《柳》《酒》三則。《手》：「寒江倚棹客，朱户捲簾人。掠鬢防釵墮，當眉寫翠匀。春盃堪借捧，夜瑟想横陳。笑語登途者，還應回首頻。」《柳》：「白門侵曉望，樹樹惹離愁。細雨來踈葉，蕭蕭不盡秋。魚窟淺深水，鵶棲長短籌。雪消舒望日，青眼在皇州。」《酒》：「尋常躭此味，惜别遞啣盃。月向金波落，花從醉裏開。獨醒良不易，中聖亦悠哉。幸有憐才主，調羹待汝來。」

米廣亹以交光師所疏《楞嚴正脉》至，凡十二卷，謂此獨得《楞嚴》三昧，而板敝惡，謀于吴公本如、沈次公何山及余，數人分梓之。廣亹者，君夢法名也。《楞嚴》第三卷論火大條中，「阿難，名和合者，如我與汝，一千二百，五十比丘」一科，前後文俱不續，且六大并無此科贅語。愚意此乃錯簡，宜改列「阿難，如汝所言，四大和合，發明世間，種種變化」之下，爲七大和合之例，則此科文（整理者按：此下疑有闕文）耳。有十換百換至五百換者，蓋市曹左側無籍，居民慣習飄洋之事，或母錢家居厚息淵藪津助之，故熟知大内徵貴徵賤事，頃疏請浙西既稍稍戒嚴，而吾郡似猶醇飲云。

五日。小雨，午漸霽。

是爲端五。

《緗素襍記》云，余家元和中端五詔書，并無作「午」字處。

陳同倩遺《端午即事》詩：「龍舟蕩破鴛鴦浦，雙槳怒飛千雉雨。弔原不草哀汨文，叩天乞得長命縷。愁紅恨紫渺難涯，幾个端陽爾汝偕。若使北邙永無分，飲粽不飲酒亦佳。」

共君夢諸人泛蒲，覓到蟾百餘隻。客言取蟾酥法，置蟾於水缸，絹冒其上，以薑黄煎湯灌入水，則酥即射絹中。試之不驗。一説將蟾口抵開，漆盤盛之，入胡椒口内，酥射盤際。時蟾已逸，未及試。欲擇一巨蟾作武侯水仙丹，而殊無大者，中止。其法見《元戎濟略》，曾別載之，然不必端五日也。

《緝柳編》：午時于膽瓶内插榴花、蒲葉、葵萱之類，號曰「端陽小景」，以相娱樂。是時晁采製五色子母夾纈花、辟邪羅，囊結其夫中單，囊中亦實以蒲根、雄黄屑，咒曰「掣于妾手，被于郎身。蜈蚣蛇毒，避而弗親。明年今日，更易其新」。當時鄰女，俱争效之。

六日。微雨。

值先大夫諱辰，謝不出。

閲邸報，彭給事惟成疏增解額，援累朝故事云「洪武三年，特設科舉，是年定額數，直隸府州貢額百人，河南、山東、山西、陝西、北平、福建、浙江、江西、湖廣各四十名，廣東、廣西各二十五名。若人才多處，或不及者，不拘額數。洪熙元年，定南監并南直隸共八十名，北監并北直隸共五十名，江西五十名，浙江、福建各四十名，湖廣、廣東，各四十名，河南、四川各三十五名，陝西、山西、山東各三十名，廣西二十名，雲南、交阯各十名。宣德四年，令雲南鄉試增五名。七年，令順天鄉試額取八十名。正統二年，令開科不拘額數。五年，復定取士額，順天府仍八十名，應天府一百名，浙江、福建皆六十名，江西六十五名，河南、廣東皆五十名，湖廣五十五名，山東、四川皆四十五名，陝西、山西皆四十名，廣西三十名，雲南二十名。六年，令順天府鄉試增二十名。景泰元年，令開科不拘額數。四年，復定南北直隸各增三十五名，浙江、江西、福建、河南、湖廣、山東各增三十名，廣西、四川、陝西、山西、廣西各增二十五名，雲南增十五名。成化三年，令雲南復增十名。十年，令雲南復增五名。弘治七年，令雲南、貴州共增五名。嘉靖十四年，令貴州另自開科，其解額雲南四十名，貴州二十五名。十九年，令增開湖廣解額五名。二十五年，令增貴州五名。隆慶四年，奏准南京國子監恩貢生員數多，暫增額各十五名，不爲例。萬曆元年，令增雲南解額五名。頃三十九年，諭遼東按臣熊廷弼、陝西按臣畢懋康所請，各加解額五名，其遼東五人即附之順天鄉試云。」疏又云：「永樂甲申，改庶吉士六十一人。嘉靖己丑登科録，策六名。乙未登科録，策九名。癸丑開科四百人，乙丑如之。隆慶戊辰四百名，辛未如之。萬曆丁丑四百名，丙戌三百五十名。」

七日。冒寒。病甚。

八日。陰。病小間。

酉初二刻，芒種。二十四氣，惟小滿、芒種説不一。宋樂明遠云，皆謂麥也，小滿謂麥氣方小滿而未熟，芒種如種類之種，謂麥種有芒當熟。《周禮》，稻人稼澤，「澤草所生，種之芒種」。鄭司農云：「澤草所生，其地可種芒種。芒種，稻麥也。」然則芒種之爲五月節者，云麥至此乃可收，稻過此即不可種也，凡以明農候耳。

九日。晴。

翰寵齋同甥陸嗣端兄弟撿《吴越春秋》一過。勾踐五年，入臣于吴。七年，歸越。十年，遺吴神木。十二年，遺之美女。十三年，請糴。二〔十〕年，蒸粟還之，吴大饑。至二十二年，吴王伏劍自殺。《史記》范蠡所稱「謀之二十二年」，此也。種、蠡、計硯，竭智以疲吴，而伍胥亦盡忠以諫吴之失。此二十餘年中，勾踐、夫差、文種、范蠡、伯嚭、西施，死一人不可，死即勝負未可知。又萬一夫差之迷頓啓，使伍得關其忠，寧至此極？然細觀勾踐陰謀之未章，則愁心苦志，亦未有不能勝天者。申胥之對吴王曰：「越王勾踐，是人不死，必爲國害。」凡四言之矣。當時所重，惟玉門金匱、刑德衰旺之説，《越絶書》自闔廬始得胥時，胥曰：「邦其不長……臣始入邦，伏見衰亡之證，當霸吴厄會之際，後王復空。」王曰：「何以言之？」子胥乃歷述佞臣將至，太子無氣，吴越爲鄰，必將爲咎，與諸王相等語。范蠡之入越，亦曰「霸王之氣，見於地户」，「地户之位，非吴則越」。又種、蠡二人見霸兆出於東南，捐止于吴，以爲胥在，無所聞其辭，去吴之越。然則所謂以越賜吴，以吴賜越，機關得失，在一隙間。伍、范皆習知之，故相國，胥自云：「胥知分數，終於不去。」蓋其衷情哀矣。

子胥象天法地，造築大城。陸門八，以象天八風。水門八，以法地八聰。未知「八聰」之義。《天中記》云：「天有八風，噫氣也。地有八聽，孔竅也。」八聰，疑即八聽云。

蠡請越王問吴王疾，求其糞而嘗之。適太宰嚭奉溲惡遏各切。以出，越王手取其便與惡嘗之。嘗糞之後，遂病口臭。又大夫種不隨范蠡謀，將爲越王所戮，哺其耳以成人惡。其妻曰：「哺以惡何？」曰：「吾不食善言，故哺以人惡。」因悟《大學》「如惡惡臭」，「惡」字亦作此解。欲以糞讀如「好惡」之「惡」者非。

種葬國之西山，或入三峰之下。三峰，《越絶》作「三蓬」。葬一年，伍子胥從海上穿山脇而持種去，與之俱浮於海。故前潮水潘候者，伍子胥也；後重水者，大夫種也。今多云子胥揚波成濤，而無云大夫種者。按《抱朴子》云，潮汐者，一月之中，天再東再西，故潮水再大再小，四時日居南北東西宿各異，潮盛衰係之。然則以爲濤之自胥，妄也。

伍員死，爲江海之神，見古本《吴越春秋》。他書各詳其事。《湘中記》：宋元嘉中，沙門釋亮啓子胥廟古銅器，鑄丈六金像。夜夢神語云：「今捨此器，相與發願，免此神形。」則知胥已解脱神道業。後世廟貌之，徒虚耳。

《越絶》胥之始見闔廬，曰：「越有神山，難與爲鄰。」神山者，豈即《春秋》所載九山，東南天柱號曰「宛委」者乎？攷宛委在會稽東南十五里，一名玉笥山。禹文齋三月庚子登山，發金簡書。案金簡玉字，得通水之理，此爲神山一也。又《歸國外傳》云，城成而怪山自生者。瑯琊，東武海中山也，一夕自來，故名怪山。注云，即龜山，一名飛來，一名寶山。《寰宇記》：龜山即瑯琊東武山，一夕移於此。《越絶》

云：龜山者，勾踐起怪游臺也。東南司馬門，因以炤龜。又仰望天氣觀天怪也。今東武里一曰怪山，怪山者，往古一夜自來，民怪之，故謂怪山。似又神山之一也。兩存之以俟訂。

吴王欲擇吉日赦越王。越王聞之，召范蠡，告之曰：「孤聞於外，心獨喜之，又恐不卒也。」范蠡曰：「大王安心，事將有意，在玉門第一。今年十二月戊寅之日，時加日出。戊，囚日也。寅，陰後之辰也。合庚辰歲，後會也。夫以戊寅日聞喜，不以其罪罰日也。時加卯而賊戊，功曹爲騰蛇而臨戊。謀利事在青龍，青龍在勝（先）（光）而臨酉，死氣也，而剋寅，是時剋其日，用又助之。所求之事，上下有憂，此豈非天網四張，萬物盡傷者乎？王何喜焉？」果以子胥諫而復囚之石室。按，以十二月將子加卯第一課，寅加戊騰蛇第二課，第三課亥加寅太陰，第四課申加亥白虎。四課中惟一課上克下，以寅爲用。三傳寅亥申蛇，陰虎先鋒門，既是日鬼課傳，四寅又是四鬼所賴。未申爲救，却乃旬空，不勝四寅一卯之實，鬼也。況支臨干克干，乃上門亂首夜貴，又入獄，能免囚係之辱乎？ 時克其日以下，乃《玉衡經》中語。

子胥曰：「今年三月甲戌，時加鷄鳴。甲戌歲，位之會將也。青龍在酉，德在土，刑在金，是日賊其德也。知父將有不順之子，君有逆節之臣。」按，三月當用酉，將甲日，青龍乘午。而此云在酉，則卯上得戌，是太陽尚在戌宫也，此丑時用旦，貴。四課甲亥申戌未辰，三傳申巳寅，課名蒿矢，申乃旬空，蒿矢已無力空亡。爲蒿矢無力，甚矣，能免失脱乎？又發用申加亥，爲六害申，又爲日上衝破，又爲日鬼，三傳刑戰，干克支上神，支克干上神，名解離卦，干與干上神相破，支與干上神相刑，是滿盤略無和氣，故主有逆子叛臣也。按越王歸日，是三月甲辰則□□□□□□□□。

越王謂范蠡曰：「今三月甲辰，時加日昳，孤蒙上天之命，還歸故鄉，得無後患乎？」范蠡曰：「大王勿疑，直眂道行。越將有福，吴當有憂。」按，以三月酉將加日昳，未時。四課甲辰午辰午申，三傳辰午申，此斬關課，大利逃亡。

越王謂范蠡曰：「今十有二月己巳之日，時加禺中，孤欲以此到國，何如？」蠡曰：「大王且留，以臣卜日。」於是范蠡進曰：「異哉，大王之擇日也。王當疾趨。」車馳人走，越王策馬飛輿，遂復宫闕。

按，此若以十二月子將加巳時，則四上克下，課名無禄。寅巳子未交互，六害三傳，皆自刑傷。日初酉破碎，土敗于酉，辰乃土墓，亥爲空財，無一可者，范公不應取之。當是十二月初，太陽尚在丑宫也，丑加巳則四課己卯亥巳丑酉，三傳卯亥未木，局官鬼初末，旦暮皆乘白虎克干，是謂催官使者，主赴任急速，故勸越王車馳馬走以應之。况稍遲延至午時，則犯前課無禄之凶，危矣。右四條，見王肯堂《筆塵》，王但依遁時四課三傳法精算之，乃毫無紕爽如此。

初十日。晴。

范雲賓從陳孟諤傳治痢方，云甚神驗。用細芽茶一錢、孩兒茶五分，各爲末，水一鍾，半煎七分服。《本草綱目》：孩兒茶一名烏爹泥，一名烏疊泥，或作烏丁。將細茶末貯竹筒，堅塞兩頭，埋泥汙溝中，日久取出，搗汁熬製而成。塊小而潤澤爲上，塊大焦枯者次之。出南番爪哇、暹羅諸國，今雲南、老撾、暮雲場地方造之。

十一日。晴。

屠貴長抄惠路雄《太白陽經》五卷，多陰陽家秘旨，中有每月戌時斗罡所指方圖，名《玄女百勝圖》。每月常以戌時爲始，順行，如正月戌寅起，指寅亥，指卯子，指辰；二月戌卯起，指卯亥，指辰子，指巳之類，按月遞遷，此立壇決勝之法。蓋余頗習玄，所謂月月常加戌、時時見破軍者，此正合。然玄門中必主日躔過宫，不然，或正月應起戌，猶從十二月之條，以節氣未過故也。又《歲月篇》分别戰雄戰雌日，凡戰，背雄擊雌則勝。如春寅日寅方，夏巳日巳方，秋申日申方，冬亥日亥方，此戰雄方位日。春申日申方，夏亥日亥方，秋寅日寅方，冬巳日巳方，此戰雌方位日。餘若五帝、四耗、四窮、天敗、四墓、章光等日，皆忌。

又《田螺占法》最簡易，載别楮中。

其《醫藥篇》六方，爲具記之：

一、治瘴法。取髑髏三枚，當風燒，令軍人下風聞之，火烝入鼻，瘴自退。又方，取髑髏灰細研，水調服一錢，自愈。又方，用髑髏共青布等分燒，薰鼻中，惡水滴出即愈。

一、療時疫法。取髮燒灰，共猪脂和服二錢，立瘥。

一、療渾身腫方。取馬糞蒸，令微熱，遍體塗之，即愈。

一、中刀鎗出血不已，剪牛馬尾毛，燒灰貼之，立瘥。

復遺《太白陰經》五卷，其四卷後多可紀，此不具。

是夕劇飲。

十二日。雨。體小疲。

十三日。午過雨。

小艇住煙雨岸側。

慈溪劉生道：西湖金錢荷葉，如荇菜而差圓，形類馬蹄者，殊不可食，取蕭山湘湖中浸，越宿即甚肥美，所云蓴菜，此也。湘湖中本不出此菜，夏末進以爲上供，里人最難得。攷《西湖志》，杭州蓴菜來自蕭山，惟湘湖第一。又云，西湖第三橋蓴菜不下湘湖者。并不言西湖移至湘湖，浸越宿事。

十四日。雨。

牙儈以賽蘭四本至，售之。余所藏越歲者更佳，共數十本，馥烈冠萬卉，尤勝蘭蕙。花如金粟，性畏日喜潤，以岕山茶浸汁澆之則花肥，梅雨中折扦隨活。閩地有木本者，香更甚。用修云，即伊蘭，俗名真珠蘭，亦名瑞蘭。

十五日。開霽。

屠生襟川遺佛桑二本。佛桑，横州人呼此爲牡丹。類書言，佛桑葉似桑，其花深紅，亦呼照殿紅，四時常開。《墨池編》云，端人每爲硯，凡色不佳，用佛桑花漬之，初亦可愛，經水即如故。又，此花同鹽梅滷浸爲紅漿，作紅鹽荔支法，具端明《荔枝譜》中。此深紅之一驗也。然今所栽本，深紅、赭黄各一，聞更有五色者，剪插于土易活，然不耐寒。或以爲即扶桑者，非。按，扶桑葉如桐，初生如笋，實比梨而赤，績其皮，可爲布爲錦，亦爲紙。

十六日。晴。

道家以是日爲天地合，曰夫婦當異寢，犯者夭死。

十七日。晴。

移舟北郊數里，達朴樹廟。小庵中閲虎刺，翠挺可鑑。然暮色不耐黍民之毒。

抵厝生舍側，云對岸圃田中，暑月夜恒起光數丈，隨滅復起，或十數見。劉幼真、楊敬亭在舟，劉言地有寶徵，楊言此貴徵也。楊習堪輿家言，或不謬。

鼓落漸陰雲，不果艤舟。

十八日。晴。

十九日。陰涼了。

投謁事見《書斷》。王羲之嘗書《蘭亭會序》，隋末廣州好事僧有三寶，寶而持之。一曰右軍《蘭亭》書。二曰神龜，以銅爲之，龜腹受一升，以水貯之，龜則動四足行，所在能去。三曰如意，以鐵爲之，光明洞徹，色如水晶。太宗特工書，聞右軍《蘭亭》真迹，求之，得其他本。若第一，知在廣州，而難以力取。故令人詐僧，得其書，僧曰：「第一亡矣，其餘何愛？」乃以如意擊石折而棄之，又投龜一足傷，自是不能行矣。家叔玄度梓桑世昌《蘭亭考》，甚博，然未入此條。

二十日。陰。

科頭挾童子携舊貯崑石，滌其垢，此石盈二尺許，然勢嵯峩。雞骨片，最崑石中之貴者。向爲吴中一友買送張江陵公，會江陵敗，不果。先祖三十餘金得之，余幼時特以相付。

二十一日。陰。

二十二日。雨甚。

置崑石水溝中，方梅雨漱齧之，一夕瑩如雪。

二十三日。夏至。雨。

倦卧，閲一傳奇本，忘其名，中有白語足傳。白云：「官人得小姐，如魚之得水。小姐得官人，如水之於水。魚之得水，終是兩物。水之於水，就是一物。」

二十四日。陰。

二十五日。

報謁郡公。約諸友郊外觀新漲，以午餘雨已之。

二十六日。密雲四布。

治具舟次，同劉生、何生、玄度家叔至屠生舍，泛東塔後九曲，因禮如來上千佛閣。是閣再修于萬曆三十八年，僧霍林董其事，郡中塔惟此係梁天監年造，影落相湖，點塔燈之夕，則相湖漁舟一無所獲。

二十七日。開朗。

先是，顧涇陽先生謂余，曩閣權極重時，頗侵銓地職掌，冢卿無弗唯唯聽，甚失祖宗朝重銓之意。自浙陸莊簡光祖典銓事，多與閣持，始不相關白。孫清簡鑨、陳恭介有年俱守之不變。此胥浙産也。因屬余作《浙中三太宰傳》，會所儲邸報盡廢于火，未果作。長興丁長孺已先成之，外父持示，因筆於此。

傳三太宰者何？予悲夫太宰之久以空名寄也。平湖、餘姚，一時接武，而太宰始即真，難之也。久假者何？曰彼一時也，江陵才鷙而悍，巨璫保暱之，挾少主令天下，臺省廪廪捄過。太宰以下頫首受頤指，天下以爲固然。江陵敗，言事者毛舉諸大臣長短，上心疑，故示不測于誅賞。是明以事權還吏部，而海豊不受也，潦倒盡失故步以去。矯矯商丘宋公纁，天故促其期，以啓三先生。三先生攬久頓之轡策，振積衰之士氣，白日震霆不色驚，虎豹九關不内阻，衆口交誶不前却，苦心哉。即釜鬵十九，然風波震撼中，令士大夫鋭焉持清議，與天子、宰相相抗，而世局一變，三先生力也。然則太宰必與執政左與？曰否否。公旦相奭居太宰，未有不和衷者也。惟衷乃和，《書》不云乎，「無偏無黨」，衷之謂也。是以君子論其世。

陸莊簡公，諱光祖，浙之平湖人，字與繩，嘉靖丁未進士。初令濬，濬，巖邑也，甫下車，省瘠里五之一。亡何，廓其郛，城之。簡練士伍，萑苻之窟一空。邑有盧生柟，夙負才，以得罪前令，久論死。柟故人謝榛走長安，白柟枉狀，十餘年無敢任者。公立出之，御史故難公，曰：「若不知柟富耶？」公正色曰：「獄果當也，陳仲子無生理，不者，石尉何避焉？」御史改容謝。已，劑馬政，議役法，强項迕當事意，大司馬錦至，借軍興法劾公，上不問。歲祲，臺使者以非時不爲奏，公具疏請蠲賑甚懇，上特報可。督撫以下嚴事公。時仁和張太宰守郡，故抑之，曰：「令少年不一挫其鋭，不大器。」公貴居恒歎曰：「張公，某藥石也。」終身不敢與鈞禮。宗人炳，藉上寵，氣燄炎赫，機術籠罩一世士，而分宜相雅才公，時出好語誘致門下，公謝而祠祭南曹，予告。數年，起祠郎，裁諸方伎近幸，請靖悼王祭，先是，憲懷太子薨，群臣不赴祭。至是，靖悼王薨，公力持議，乃得具祭如禮。受知裕邸。今上生，公特請告廟，受百官賀，上頷之。有頃，賜聖母寶鏹，衆服公持大體。亡何，改吏部驗封司，歷考功文選郎。公真人倫鑒，腹笥别具陽秋，而又善咨諏逸客冗流，靡所不耳目。或謂：「銓曹重地，寧鑿鑿造請爲？」公咲曰：「此正銓曹事也。君欲某樹棘扃户，銓次天下士耶？」時太宰嚴文靖訥，倚公如左右手，公重自負，意所獨注，圜轉機迅。海忠介公以興國令被糾，方候調，特遷户曹郎；劉御史陽，以鄉進士久在告，陟光禄卿；謝令侃，擢自尉；張别駕澤，由歲貢生晉臬僉，皆異數。一時名碩如胡莊肅松、吴介肅嶽、王恭節廷、毛端簡愷、張恭懿翰、王襄敏崇古，并澡雪萋斐中推轂無虚日。而朱少宰衡知囊也，當塗心薄之，畏其奥援不敢動，公乘間出爲南司空服者。卒不勝忌，遷太常少卿，尋削籍。居數年，華亭之難作，以新鄭修郤故，公力左右之，事旋解。華亭德公甚，曰「吾愧與繩」。尋起南太僕，轉大理卿、工部侍郎。張江陵方柄政，公其同年生也，以故事候待漏院，大僚皆屏息立語，公索坐，坐故久，江陵目攝公，前後調護給事余懋學，御史傅應禎、劉臺，比部郎王用汲，語剴切，江陵蓄怒久，及争改折漕糧，大恚，曰：「浙人難事如此！」公曰：「某忝九列，顧不得使論列天下事哉？公奈何以訑訑聲音，拒人千里外乎？」移疾歸。江陵敗，薦起南兵部，改少宰。時攻江陵者氣鋭，公又力爲江陵解。執政倚公宿望，曰：「微迺公，不能彈壓諸少年也。」而御史李植、江東之丁此吕輩，争壽宫，發科場諸不法事，語侵執政，上心動。公佐楊太宰巍上疏劾諸言事者，左遷各有差，言者益譁。亡何，遷南司空，謝病歸。又二年，起南司寇，以職守裁抑諸臺省。臺省不相下，公白簡争之，彊主事劉以涣不受御史囑，御史氣凌之，公不直御史，事尋白。亡何，入爲司寇，改太宰，執政力也。攻者齗齗未已，公不顧，鋭然以清議爲己任。參張養蒙，徵太僕少卿，巡按浙江，御史蔡系周，出副閩臬，薦公者與攻公者錯愕出不意。未幾，量移故御史萬國欽、比部郎饒伸，嚴旨誚責選郎王教，罷爲民。公疏捄曰：「二臣得罪閣臣，未嘗迕陛下，二臣寔注擬，罪止在臣。」上不允。壬辰，大計外吏，公與考功郎鄒觀光矢心任事，特簡公廉寡欲及能甘清苦官許孚遠、顧憲成等二十有二人品第上，請褒寵錫宴，快于輿論。而又以其間搜剔臺省諸蠹，于是吏科都給事陳與郊陟太常少卿矣。以禁餽遺，謫給事王遵訓、丁應泰，御史某某以郡國吏議謫。城社之奸，洗滌幾盡。時御史大夫李世達同在事，與公相倚爲重。舊制，巡方使者報命，御史臺課其稱否以聞，詔可，方復職。闒茸者率以虛文應，李公持臺，規繩諸御史。鹺使者韓介坐失舉廉吏王貽德、張佐治，調大理評，公志也。公嘗謂，人才，國之元氣。尤注意老成，雲南參政王時槐、太僕丞蔡悉、鴻臚卿王樵，并以名碩考槃數十年，一旦由田間驟起九列，恭簡不二，歲躋大司寇。而許京兆孚遠，以抹李中丞材外謫，服未闋，推右通政，尋開府七閩。或問曰：「公之啓事洵善矣，多要津所不予之人，何也？」公徐應曰：「操世柄者，不宜予天下以好惡之隙，抑情而平之，勢不得不矯。請一切從某始。」先是，富平孫公丕揚代公司寇，長安老隸詫曰：「是故驄馬以專擅編氓公者耶？」公聞而笑曰：「鄉吾被放，謝恩歸而揖御史于朝，片語相知，今三十年矣。」趙少宰用賢、沈戎政思孝，蹇諤自喜，廷議數面辱公，公故折節，煩而柔之，且力爲推輓。少宰時語所親曰：「吾乃爲平湖所容。」而戎政巖居久，每扼腕時政，曰：「持公議而不以愛憎奪者，平湖一人而已。」識者以此窺公權略。而執政獨嗛公次骨，曰：「不自意爲老禿翁所賣。」公謝曰：「祖昔爲郎，文貞知我，我不敢稍貶以狥文貞。嘗薦士，祖不可，文貞顰蹙，曰：『業已聞上矣，奈何？』祖避席曰：『相公不以祖不肖，備員銓司，誓不敢以所未信阿相公意，以誤天下。請從此辭。』文貞始若不堪，卒相信。今老矣，誓以文貞報相公，不意相公望之深也。」公在吏部久，由曹郎至太宰，先後相距二十餘年，時局遞遷，公孤立一行，其意大指以抑僥倖、振孤寒爲急。勢當極重不可返，物情鬱結，上下爭睨公，以其左右足爲低昂。而公侃侃發舒，寧失上意，以申公論。蓋統均不逾歲，而仕路一清，生平節槩聲價遂定，近世之姚崇也。茂苑去蘭溪，新建出中旨大拜，公以非故事爭之，婁江謝曰：「詞林鱗次，固自有例。」公抗顏曰：「宰相以例進，寧若掾吏耶？」即疏陳祖制，力言會推之典必不可廢，上報可，著爲令。

及廷推閣臣，政府意有所私，公固抑之，而自列居首。旨再詰讓，給事喬胤力詆之，遂歸。時王山陰公家屏亦以封還，手敕同出國門也。公解組杜門後，有以知人叩者，公曰：「凡人初以負氣執拗迂闊見排，卒多樹立，或稱善處事、識時務，必至浮沉墮落。」問大計，曰：「四衙門爲要。」蓋翰林、臺省、吏部也。嗚呼，知言哉！易名莊簡，士論以爲未蔽云。

孫清簡公，諱鑨，字文中，忠烈公燧孫也。父陞，禮部尚書，謚文恪。兄弟以明經射策高第，先後列大僚，而公恂恂若寒素。第嘉靖丙辰進士，除武庫郎，迴翔武選職方數年。肅皇帝齋居，久錮言事諸臣，屢興大獄，舉朝廩廩。公上疏極諫，借秦、宋爲喻，盡糺諸不法事壅蔽者。華亭公吒曰：「憆也郎，奈何輕批逆鱗哉！」中人憚上英察，秘不以聞，公移疾歸，同舍郎鄧洪震賦《寶劍篇》贈焉。穆廟初，起南文選，歷尚寶鴻臚，九年，改少太常、右通政，進光禄卿。時江陵奪情，公乞休，家食十年。獨居一小樓，讀書嘯咏自如。丙戌，以原官召，進大理卿。時吴時來爲御史大夫，更律例，多紕盭不可行，下法司議，公争之强，兩請上，是大理議。已進刑部侍郎，改吏部。庚寅，遷南吏部尚書，尋以參贊機務推。旨甫下，而太宰陸光祖去，廷推至再列上公名，即得旨簡注，出特眷云。是時事權初歸銓部，人情杌隉，中旨譙讓諸曹郎，鐫俸削籍者踵。屬公屹不動，遷除大政，不謁内閣，道遇閣臣亦不避，祖平湖之意，加徑直焉。新建積不平，于是有紀綱疏，意主會推，令諸曹公舉上請，以杜專擅。公覆議，寢格。給事史孟麟上疏，申公議，新建益忮，而閣部水火矣。公感上知遇，汲汲以人才爲己任，集思廣益，欣然舍己，意廓如也。時徵聘之典久廢，公獨廉一二真修篤行士于科目外，不次優擢，以維世風。于是江西舉人鄧玄錫推翰林待詔，劉元卿推國子博士。玄錫不赴，而吴郡貢士王敬臣遥授如元卿官。王升、馮行可，相繼進階。士論韙焉。癸巳春，大計京朝官，考功郎趙南星慷慨矢天日曰：「法之不行，自親昵始。」首摘其姻戚都給事王三餘，而公亦廉其甥吕胤昌。胤昌者，文選副郎也，爲時論所鄙，同事者譽公曰：「以渭陽不庇一姊子，公固無成心哉。」公愀然曰：「以謂陽不能庇一姊子，直是苦心。」自是部院臺省莫敢以意奸其私人者，而城社之黨絀。時婁江兼程赴闕，意欲有所庇，而計疏先一日上，憤甚，合謀新建，借拾遺三庶僚下部議，公覆處某，則婁江私人也。詔下，虞淳熙、楊于庭留用，袁黄方從征朝鮮，候事平酌議。亡何，給事劉道隆白簡至矣，嚴旨以專擅切責，已又以回奏不認罪，奪公俸鐫考郎功三秩。虞淳熙等削籍，僉都御史王汝訓、通政使魏允貞、大理少卿〔魯乾〕（會同）亨，相繼申捄，諸曹郎于孔兼、陳泰來、顧允成、張納陛、賈巖、薛敷教各疏辯，左遷有差。時史孟麟陞吏科給事中，極論前事，引疾不拜，而儀郎何喬遠、洪文衡連争之，上不省。公去志决，獨以權黨二字不可遺後患，乃上疏申職掌，報聞。公堅卧乞骸，上遣中官賜養羊上尊，公請益力，疏累十上，賜傳歸。踰年，公卒。嗛公者方在事，久之始得卹典，謚清簡，迫公議也。公純誠質行，與人煦煦長者，意所不可，賁育莫能奪。時三王并封議，諸曹郎岳元聲等齗齗引祖訓，各上封事入，不决。公率九列廷争之，婁江氣奪，儲位始定，風波震撼中挺然爲時名太宰。公去，陳公有年繼，亦餘姚人。

陳恭介公，諱有年，字登之，中丞公克宅季子也。嘉靖壬戌進士，初除刑部主事。丁卯，調吏部驗封主事。歷考功文選員外郎，晉稽勳驗封郎中。會成國希忠薨，其弟挾巨璫保爲重，江陵陰主之，以張懋例請王贈，下部議。少宰某唯唯，公按令甲持之堅。江陵擬旨，竟王之。公移病，或曰：「不已急乎？」公曰：「不然。郎官與宰相殊，宰相或忍小就大，有年職司封，司封外無職矣。不得其職，吾直行吾硜硜爾。」竟予告。甲申，起稽勳，歷考功文選郎。當江陵敗，公芟其餘孽，彙征諸名流。海忠介家食十餘年，久不召，公特起爲南少宰，上亦嚮用，特旨改南御史大夫辛自修于北，而以瑞代，公推轂始也。乙酉，擢太常少卿。丙戌，以僉都御史巡撫江西，懲墨吏，絶餽遺，簡朴爲諸司倡，境内肅如。戊子，歲大祲，公酌積儲盈縮，量出入而均劑之心獨苦。會新安方萬山爲南御史，入賈人子流言，以過羅紕公中有主之者，遂罷。庚寅，起原官，提督南京操江。辛卯，晉副都御史、刑部侍郎，改兵部。壬辰，改吏部，尋轉南京右都御史。癸巳，與温太宰純襄計典，尋代之。亡何轉北，上意也。公赴召，以二敝簏隨，郵吏指而嘆曰：「此亦太宰邪？」視事，止息公署，以待漏院見客，中貴人人自失，各肅門狀，曰：「公洵潔矣，吾儕許以情白否？」公謝曰：「老詩非敢爲名，高第中外一心，令朝廷清如止水，不大善乎？」皆佯應曰：「諾。」自是片紙無及門者。公持衡，以别邪正、覈名實、崇退讓爲主，而梁谿顧公憲成爲選郎，與公協力，甄序流品，汲汲引用禁錮諸臣，解忌諱不顧。時江太僕東之數言事，迕當路意，謫霍州守，移疾數年。至是，陞湖廣僉事，旋以南光禄少卿推，即日得俞旨，上手詔也。當是時，柄國者假託人主意，餙其睚眥。吏垣許弘綱持疏出示公，公北向手額，誦上明聖，而神叢者絀。于是給事王士性、李盛春，御史王國，并由藩臬入徵太僕矣。亡何，比部以中貴獄迕上意，盡謫一司官，而中不與事、不列名者，閣臣以請，上特宥之，命如例，許所司復請。而故選郎王教削籍時亦未經列名，因援例請，上怒曰：「此新令也，安得竄前事耶？」姑不問。公引罪乞休，不允。亡何，會推閣臣，公謀于梁谿曰：「吾意已有所屬，第各書之。」明日合之果符，即列王家屏等七人。以上嚴旨切責至再，竟相南充陳公于陞四明，而盡謫選司諸郎顧憲成、章嘉禎等有差。蓋閣臣注意大宗伯某諱言，山陰公與梁谿力持之，以此牴牾。公上疏請宥諸臣，不允，再疏乞骸骨，曰：「臣不能多記，近年楊巍爲尚書，臣郎文選，會推閣臣六人，今元輔王錫爵是也。臣籍餘姚，前有兩閣臣，弘治時謝遷，嘉靖時吕本，皆由廷推，其官止四品，而吏部尚書聞淵、耿裕，皆列首推。今聖諭，先名望，繼不拘資品，意甚盛矣，臣敢不仰承。臣擬王家屏等七人，皆時望所屬，又謬以孫鑨、孫丕揚爲不拘資，馮琦爲不拘品。及奉後旨，通列名上，鑨、丕揚削去矣，李世達係二十年所推，臣安敢違詔。詔再下譙讓，臣深懼焉。臣愚劣病憒，以清朝爰立盛事自取，聖明督過大譴，臣即褫職，且有餘愧。皇上獨舍臣而罪司臣，臣能靦然已乎。疇咨之義，自堯舜迄昭代不廢，即先朝卜相，不盡由會推，未有以會推爲訴者。至臣以爲訴，此不在法，在臣匪人爾。儻其説遂長，使相臣由他途進，臣罪大矣。」上不允。時太原公亦疏捄，謂：「聖意淵微，即臣等不能窺，何況諸臣？」繪事逯中立、盧明諏各疏捄。上不允，鐫中立等秩，出之外，并削顧憲成、黄縉籍，時縉憂歸久矣。公哀懇稱病篤，上眷留，遣中官賜養羊上尊，公請益力，疏十四上，乃賜告，乘傳歸。仍命有司候痊，日以聞。亡何，南科臣任彥、薛復申捄縉，詔鐫縉二秩，極邊方用。豈旬月間上忘前旨耶？然則逐公者竟誰也？蓋蘭溪初秉政云。公歸，夫人遣舍人兒迓公西湖，索油蓋數百，公訝問，故對曰：「杌隉數椽何恃，不爲暑雨計？」聞者相顧嗟歎。公雅留意人材，委曲保護，不令人知。甲午正月，薦以中書舍人上封事，迕婁江，禍叵測，公爲卵翼，令假使節去。鹺使者某論糺松江丞燕祖召、蕭山令秦尚明，公廉其狀，不畫覈，調祖召于蘇州，尚明宜興，名曰簡，實優之也。而二君并以强項執法，有聲郡邑，曲全善類，多類此。將去之數日，内戚有留行者，公曰：「如君言出矣，循我故步，能如志乎？」留者默然。公曰：「吾去决矣。」公孤標峻節，岳峙淵渟，政府意忌之，然亦以夙望不能稍有加。所推遺佚，無旬月間十常二三報可。終始令名，士林倚重。公去，競以公之激爲鑒，而釜鬵日甚，與其枉尺不得直寸，無寧株守。嗚呼，慮遠矣，天下至今想其風采。易名恭介，不虛也。

或問，辛壬而後，太宰之席未暖而去者，何也？曰，勢也。江陵時，閣幾掾史銓臣，勢極矣，一旦逆而收之則激，激則不得不去，去而後銓臣重。閣所以凌銓者，以中旨。銓以高帝三尺持，而閣以其伸者詘，人主之寵靈，不得與天下公議抗也。嘉、隆之際，銓臣表表者，楊蒲阪博、嚴海虞、高新鄭拱。今上御極四十年，銓政又幾更矣。陽城、海豐敗，而嚴雲南清、宋商丘纁，商丘没而平湖、餘姚相繼顯。説者咎新鄭之擅也，而服其知人，其物色沈戎政，蓋望而得之，拔吴大司馬兑、張大司農學顔于邊臬，立談爾。噫，何神也。殷正茂甫節越，而委以古田之役，曰：「吾捐百萬金予之，即乾没者半，而事可立辦。」嗟乎，察瑜于瑕者，新鄭也，真能知人者也。推愛于憎者，平湖也，真能用人者也。新鄭之敗以睚眦，平湖反其道，故能兼蒲阪、海虞之長。雖然，善用海虞、蒲阪者，徐文貞也。文貞上結英主之知，下借天下之公議而爲我劑，而閣與銓兩敗。惜哉，婁江之不爲文貞也。夫能劑臺省而後可以太宰，能劑太宰而後可以相，二者衷于天下之公議而不我與，故能使天下爲我用。太上器識，其次權略，而世且拘拘焉。畫一隅而尺守之，曰夫吾惡其嫌于術。夫術而果足以捄世也，而又何嫌乎？嗟嗟，求狄梁、韓魏于叔季而不得，平湖寧可少哉，寧可少哉！或曰，學平湖而失之，何啻千里？夫餘姚，因今之曲江也。

二十八日。晴煖。

始食菱。李君實過余，其太公方病起，君實懷菱二枚薦太公，强之多取，曰：「食新毋犯廉也。」君實因語云：「石佛寺某僧云，有旱菱，種法如羊眼荳，入土中蔓延竹木纍纍生，鮮好不減水次。」沈白生至，言昔包瑞溪在日，秀水教官某雲南人，其門士也，與共食菱，問滇産云何，曰「滿山皆是」，衆笑之。若今有旱菱，則教官言未可盡非。

白生從余索《通天帖》《神龍蘭亭》《蔡忠惠十帖》觀之。《通天》《神龍》二者已登石，《忠惠十帖》種種具體，尤多效右軍，内第九帖軒檻二絶，差減墨妙。董思白、陳仲醇前皆鑑此一帖爲雙鉤廓填，餘九幅并好，末小行書跋云：「蔡公書法，真有六朝唐人風粹，然如金玉，米老雖追蹤晋人絶軌，其氣象怒張，如子路未見夫子時，難與比倫也。辛亥三月九日，倪瓚題。」又題：「洪武己未四月，雲間袁凱觀於蕭溪。」

又題：「在宋號善書者，蘇黄米蔡爲首，俗訝君謨居三公之末，殊不知君謨用筆有前代意，優劣自可判也。己未四月，陳文東拜觀。」今按，蘇黄米蔡之蔡，乃係蔡京，陳云「忠惠」，非是。又題：「後學陳迪觀。」

日下春，玄度家叔邀觀新漲，謁真如寺長水法師墓。墓前爲墨林先叔祖所題石，篆書「宋贈楞嚴大師子璿塔」，運筆淳挺。碑陰八分書尤森爽。碑據宋大夫章衡舊題，師錢塘人，而郡邑志則云秀水人。碑謂學士錢易奏聞賜號，而郡邑志則曰夏竦碑，謂師于宋開元年四月跏趺入定，而志不載其年月。又「楞」作「棱」，不同如此。今春某文學醉中推墮，斷石爲二，議共捐資匡護之。玄度叔顧余曰：「腕法自具典刑。」余曰：「不獨此。今章碑不復見，惟此石備一段故實，尤可寶也。」

趙甬江郡志，長水法師名子璿，即所謂楞嚴大師，爲兀朮兵所發者。乃柳志則云，楞嚴師名子璿，宋時寓精嚴寺，誦《楞嚴經》，自作疏，疏未作時，夢文殊入口，既畢夢，出於口，疏成，紙爲之貴，聽者雲集，夏竦奏號楞嚴大師，肉身葬於真如。又一條云，長水法師嘉興人，有道行，注《華嚴經》八十一卷，跏趺而寂，以兩甕合之，葬真如寺。宋建炎初，金兀术兵至，發之，見手爪繞身，復瘞之而出。則楞嚴、長水直作人，此不知何據。柳志成於弘治間，爲太守柳琰所修，近鮮有藏者，故并録之以俟正。

寺竹圃中何首烏極多，藤大如二三指者。

二十九日。雨。

前一夕，姚江人道海中江瑶柱，酒後不甚詳，更詢之，云：「江瑶柱最難獲，未大如碗，頭甚鋭，嘴尖似錐，向上，觸人犀利。惟八月十六日，其嘴始向下，故是日稍有獲者。然不能數枚云。」按《本草綱目》，江珧即本草中海月也。陳藏器云：「形似半月，又名玉珧，一名馬頰，或作馬甲。萬震贊厥甲美如珧玉，即此。」《宛委編》：「奉化四月南風起，一上可數百，四肉柱長寸許，白如珂雪，雞汁瀹食，肥美。過火則味盡。」今云「嘴犀利」、「難獲」，何也？閩友吴用賓云：「無有是説。江瑶柱之形正如今牛角爾。」陸務觀云，江瑶柱有二種，大者江瑶，小者沙瑶，可種，逾年則成江瑶。

三十日。陰。午餘雨作。

爲弟兒輩説《易》二條。

《易》曰：「鼓萬物而不與聖人同其憂。」此震用事之義也。辟之春，迅雷烈風，萬物蠢蠢然動，雖猛毒傷噬之機，靡不爲鼓。天故不爲傷人者憂，而并鬪其鼓物者。世間災祥治亂，孰非天之所鼓之？其曰祥曰治，此聖心所樂，顧天心必不廢災與亂，以重爲聖人憂。聖人亦恒引爲己責，裁成補救，思獨苦，勞獨竭。唐水九年，商旱七年，知此正天之鼓萬物處，故總視爲予辜。湯武用其道，勝殘代暴，豈不憂綱常于千古哉？蓋聖人利萬民，自不得復與後世同其憂耳。若天與聖人同憂，定不能鼓萬物。湯武與後世同憂，定不能利萬民。故曰，征誅之事，革象也，亦震象也。然則天生桀紂，所以憂聖人，湯武行征誅，又所以憂萬世乎？《陰符經》曰：「天發殺機，龍蛇起陸。人發殺機，天地反覆。」同此意。要亦危矣，微矣。

「六四，無不利，撝謙。」解者皆以爲居九三之上，更當發揮其謙，示不敢自安之意。子夏曰：「撝，化也，上下化其謙也。」荀爽曰：「欲撝三，使上居五。撝，舉也。」王介甫曰：「能撝去三，承己以爲謙也。」介甫撝字義稍暢，然于題旨猶未深解。楊慈湖曰：「六柔四柔，坤體。又陰柔，又不中，有過乎謙之象。故聖人教之撝去其謙。又恐其疑也，又曰『無不利』。撝，謙象，曰不違則者，言雖撝去其謙，不至於違則也。大都謙固美德，然亦有不當用謙之處，則撝而去之，乃以成聖人之任。善乎王伯厚之云讓，當審其是非。趙充國不歸功于二將，君子以爲是。顔真卿歸功于賀蘭進明，君子以爲非。余嘗見龔遂之爲勃海受議，曹教戒歸德聖主，而因得冒水衡都尉，千古來韙其事。若就老成忠國，不欺其君者，視之蔑加矣。」

呼桓日記卷之二

六月朔日。晴。

自余抱夢鳳之戚，遠者八載，近亦五載，未及爲先大夫、先安人資冥福。卜以是日禮懺，先室沈附之，緣不茹葷。慈谿劉生言，其地争以是日三更後至昧爽前，人家挹河水供一年合醬、煎藥及茶酒之用。道路成渠。若稍見光，則水出蟲易敗。

二日。禮懺。暑雨，日中乃霽。

三日。陰。

禮懺。郡公邀過天心書院，方孝廉説《易》大旨。余嘗與王季常聞《易》梗概於顏洙泉丈，未安方旨。方論乾之六爻皆震象，謂震爲龍，而乾六爻皆稱龍。季常則謂，震，乾之子也。震之乾，亦乾之震也。方謂龍不足以當乾，唯馬可以當乾，此尤未協。如馬之外，無可當乾者。則木果非乾乎？書不盡言，言不盡意，聖人舉一以見餘，故於坤繫之以馬。馬者，乾也。方所云坤配乾，牝馬配馬，然乎否乎？如爾，則坤爲牛，而離以牝牛繫之，亦可曰離配坤，牝牛配牛乎？洙泉云，陽生於子，陰生於午，後天之坎，先天之坤位也，後天之離，先天之乾位也。坎中之畫⚊，乾也，乾在坤中，如馬在母腹，未離乎陰，故稱牝馬。離之中畫⚋，坤也，坤在乾中，如牛在母腹，未離乎陽，故稱牝牛。一則繫之離，一則繫之坤，錯綜見意耳。

四日。午過大雨。

李君實手條庚戌十一月十二日日記相示，一條云：二十九日過項晦甫，出觀盧浩然《嵩山十志》。草堂、樾館、期仙磴、枕烟亭、倒景臺、滌煩磯、雲錦淙、幕翠亭、金碧潭、洞玄室，每景造意皆造微入妙，石棱轉折，八面樹態，偃仰自然，誠畫家宗祖也。楊凝式題云：「右覽前書，記左郎中家舊藏盧浩然隱君《嵩山十志》，盧本名鴻，高士也，能八分書，善製山水樹石，隱於嵩山。唐開元初徵拜諫議大夫，不受。此畫可珍重也。丁未歲前七月十八日，老少傅弘農人題。」

今此卷歸鎮江張上舍修宇。《志》與《歌》見《雲烟過眼録》者八，尚遺其二，惜君實於中末爲詳録，并諸賢題詞并多闊略耳。按顥然《舊書》「顥」作「浩」。在開元中嘗賜隱居服官，爲營草堂，逮遠山乃廣其學廬，聚肄業，其居之室號「寧極」，取所謂深根而反一者也。鴻嘗自圖其居以見，世共傳之，其本在段成式家，當時號山林絶勝，不知逮今存不。高希中嘗出此圖考之，古本則有樾館等而無寧極者，又景物增多，致多煩碎，此後人追想勝概而浪爲之也。右見《廣川畫跋》。然今卷無號「寧極」者，殆與古本同。《雲烟録》載林彦祥臨李伯時本，其所遺二者爲草堂，爲樾館。《舊唐書》浩然名鴻一，《新唐書》止名鴻，所居室自號「寧極」云。按，南齊吴興孟景翼道士云，鴻飛天首，越人以爲鳧，楚以爲乙。然則鴻與乙，一物也。又《東觀餘論》言，凝式終太子太傅。而今人但呼少師，此題又自言云「老少傅」，何也？考《五代史》，鴻官至太子太保。

五日。開霽，晚劇雨。

六日。晚劇雨，雷電交作。

七日。晴。晚雨。

母舅居敏瀾見遺宋高宗臨黃素《黃庭》一卷，本先祖少溪公所藏物，跋云：「向聞唐臨黃素《黃庭》爲江南法書神品，每恨不獲一見。邇來故老無存，欲詢其梗概亦不可得。今觀此本，以書法攷之，當是光堯御筆所摹無疑，自重華而下不能到也。後有「奉華堂印」，劉貴嬪閣所藏。然字畫混厚而沉著，深遠而閑暇，自有一種九重之上氣象，與草澤摹仿者不可同日而語。觀者當求其學力所至，勿以妍媚少之。江南屢經兵燹，若此者所藏無幾，藏者寶之。嚴陵後學邵亨貞拜題。」按，高宗書法絕類韓宗伯所藏黃素《黃庭經》，宗伯本爲米元章鑒定，字札古，無褚、薛體，殆六朝人所作，恐非右軍。趙孟頫以爲飄飄有仙氣，乃楊許舊迹。今刻《戲鴻堂》首卷，董玄宰審定爲上清真人楊羲和書。攷崇寧間，米芾嘗奉詔用黃素《黃庭經》小楷法作小字《千字文》，而《書史》亦云「思陵初學米芾」。合觀此卷，知流傳蓋有緒也。余家又藏高宗《度人經》，運腕略似而力少弱，在《黃素》之下。

八日。稍覯日色輒雨。

客傳瘦米法：儲最上白米，約略是日日曒熱特甚，侵晨蒸米作飯，暴日中，必以竟日曬極乾，每一石米飯，乾之止斗許耳。貯以行遠，入沸湯中，則一合米便得飯一升。此千里聚糧最簡易法，尤便軍行。

又陳中和嘗傳一法：採黑飯樹葉，漬水浸米，九蒸九曬，米瘦如芝麻，每一石止瘦一斗。凉水一泡，頃刻成飯。輕少利於持負。黑飯樹者，烏桕樹也，術家隱其名言之耳。以理論，九蒸九曬之説，猶爲近似。

九日。寅正初刻小暑。晴雨相半。

劉幼真食量甚大，索所貯白米，欲作瘦米者爲飯，飯之。飯已，家叔玄度烹新至惠山泉點岕茶，貯時大彬注中。見嘗因舉米襄陽句示幼真，米云「飯白雲留子，茶甘露有兄」，人問「露兄」故實，曰「只是甘露哥哥耳」，幼真曰：「此際滁煩渴，故不減甘露哥哥也。」宋豫章王子尚味曇濟道人茶，亦有「甘露」之號。

十日。鬱蒸，竟日雨，晚大雷電。

坐客説所聞，記之。

江以上二月種蚶田。先是，取蚶母大盈尺者，以泥壅周遭，潮時蚶母必吐沫。春旭晴霽，先將蚶田鋤耨，取蚶母向日光，則口張，光焰如霞可餘丈許。鋤者即從光落處鋤之，落有遠所，遠或濺數畝，光落處一一成蚶。一母蚶供數十年之用，值二三十金。

有魚名郭鱣者，形如鱸魚，蚶田中不搜除之，竟日可食一畝蚶盡。

四明山大松地方出燈光石，每取石以鵝祠之，石色白中夾紅筋。戚繼光祭以羊首，自是石不復出谷，因名「羊求休」。

黄鼠狼雄者，其腎莖骨取之剔治齒疾，神驗。

十一日。晴。

謁姚大理羅浮。姚寢疾初愈，言病不知人之冥司，見數十囚索命者，姚云：「奉朝廷三尺法從事，非所枉。」徐諭遣之。已，見一王者詢以生平，答曰：「無大善，亦無大惡。」姚因自列云：「昔巡按河南，會疏請帑金三十萬，全活飢民甚衆。此非善乎？」王者云：「此事已列賀燦然名下。」蓋是疏本賀所代草故也。姚復謂：「天子以巡按言信而捐帑。萬一巡按言有不當賈禍，禍亦諉諸代草者可耶？何善則燦然獨也？」王曰：「言似有理。」爲兩人平分之。自此而寤。乃知因果中事，纖毫不可爽。佛云「萬法惟心」，疏從賀一點心地中流出，故應專此福德耳。

十二日。晴。

過岳石帆所，拜謁武穆遺像。是日石帆從杭州得《道藏》全部歸，相期秋初立檢藏社。馬太守禹山遺《正訛編》四卷，大略雜出《路史》《困學紀聞》《丹鉛録》《代醉編》諸書，而事多資日用則收耳。

十三日。朝暾夜照，零霖微飀。應接不暇。

倚瘦筇比勘鯽零。值曹水二弈秋手談，恨不能恣爲詩歌，譜江湖逍逸之勝。

十四日。晴。

黄方伯與參緘寄《西亭書目》兩帙。西亭，中州賢宗室也，海内號稱「二酉」。然惟《解經》一種差富，外無奇本。乃知世所翕稱，徒浪得名耳。

十五日。晴。

會宗人不理者，稍分疏其是非，而惡口相加，横列蜚語，皆宗之六百石陰主之，餘不知也。共家昆于萫初食蟹，坐頭檢閲《西湖游覽志》，適得一條載歐陽公《歸田録》云：「國初，通判嘗與知州争權，有錢昆者，杭人也，其俗嗜蟹，嘗求外補。人問所欲，曰『但得有螃蟹無通判處足矣』。」相視曰：「審今日實録。」或又言，世廟時，大內一日見蟹行地，問何物，內臣以蟹對，取看，背有字曰「桂萼張璁」，尋究其故，乃太監崔所書，言二相横行也。今日錢大螃蟹那得横處，若令擬夫己氏所行，合應謂一蟹不如一蟹耳。衆爲捧腹。

夫己氏又上箋當事，謂余文章政事都復未諳，當事指其言浪惑，以爲笑談。昔山簡云：「吾年三十不爲家公所知。」段成式詞學淹博，其父丞相不曉，後郊原獵兔，徵引典故，無一重叠者。從事示文昌，方知其子藝文該贍。余年甫三十，不幸早失尊，此言故它山石也。

十六日。晴。

聞親家翁沈明揚訃，爲之灑涕。

《東國史略》：高麗俗以是日沐髮於東流水，祓除不祥，因會飲，號「流頭飲」。

宗人頗彙不平囊蜚語者，余曰：「君子無争，兩君子則讓。君子小人無争，一小人一君子則容。若争，則兩小人耳。」仙經云：「人遇我以禍者，當以福往，是故福德之氣恒生于此。」余方爲學道人，敢滯嗔心，頓乖玄秘。

十七日。晴。此夏至後第三庚也，爲初伏。

陳眉公仲醇寄示王文肅公奏草，余家先有藏本，較所逸凡十九疏，揀其有關係者録之。

《題纂修玉牒疏》云：

先朝成化、弘治年間，《玉牒》止是二册。正德年間四册，嘉靖九年間八册，二十四年增至三十餘册，萬曆四年至七十册。當時止于别館帶修，後因宗支蕃衍，册籍愈繁，該臣等題請開局增官，添設當該吏役一應供給，俱照纂修《實録》事例開支。經今十年，各官校對謄録成帙，正副本總計各一百一十五册。

《辯饒主政疏》云：

臣聞，古人蒙謗而有一君子知之，則自謂無憾，况臣今日遭逢聖主，托庇於天空地容之中，而暴寃於日臨月照之下。臣自反何慚，對人何靦，而必欲求去哉？祇緣犬馬病身，自經簡擢，望輕不足以鎮物，力薄不足以匡時。前者乞休之疏屢上屢留，猶恃朝寀無譁，可以養愚藏拙，身名未辱，可以礪鈍策駑也。今横空鬼矢，射影蟲沙，一而再、再而三矣。古之論人，於有過中求無過，今之論人，於無過中求有過。古之論相，度以休休容彦聖，今之論相，度以休休容娟嫉。古大臣以率厲爲紀綱，今後輩以凌長爲氣節。古三人占，則從二人之言，今一人之言，偏欲捍千百人之口。古耳聞尚徵之目見，今目見反不勝心疑。古正直之士，尚不欲居正直之名，今朋黨之人，反倡爲攻朋黨之説。士大夫如此議論，如此心術，雖有百臣，必不能障狂瀾矣。而臣之區區抱鄉曲自守之行，矢屋漏獨知之誠，雖有百喙，不能入圜鑿矣。宋臣歐陽修累疏辯蔣之奇之謗，至請追究主使。蘇軾預陳與賈易有讐，力求補郡。今臣雖少動意氣，未及兩賢之盛也；而少年已必不容臣，臣之萬無可自容之理矣。

《辯高郎中疏》云：

乞聖明先賜辯而後賜免，以明天下萬世公論事。臣昨以刑部主事饒伸誣許，方待罪候旨間，續又見禮部中高桂再疏爲辯明事，其中詞指，專謂臣二疏盛氣凌之，欲以求勝。夫臣之不能下氣，臣之罪也，而臣之未嘗有私，則天知人知，雖高桂疏中展轉回互，亦知之矣。乃其恨臣引張居正自比。夫臣惟不爲居正，故可以抗顔鬬桂，而桂謂臣欲效居正，不知何説？要之，臣果爲居正，則高桂必不敢攻臣，桂敢攻臣，則知臣之必不爲居正，此易曉也。臣所以信考官之不媚己者，謂雖媚己，臣必不德。今桂謂臣自信其無私與其子之才，乃陰墮考官之術中而不自覺。此語尤如説夢。夫術人而使人不覺者，害之也。今考官欲害臣，而先中其子，天下有此愚人乎？考官不害臣，則不媚臣，而又不使知覺，天下有此義士乎？由此觀之，臣果墮考官之術中否？夫考官果有私於臣，即鎖榜亦關節也。考官果無私於臣，即首選亦天命也。官卷之説，聞皇上已曾驗明。此尤可笑。往居正求中其一子，臣在場中，親見章禮將字號埋嘎程内送入副考房，千難萬難，竟不得中。今時移事改，而反謂有官卷可查，如此之易，通乎不通乎？

黃洪憲序文，以衡立論，臣初未詳，據桂之意，將毋謂洪憲暗埋臣男之名，以自表其關節乎？如此議論、如此識見，兒童走卒當能笑之，而臣可無辯也。午門覆試，去年以待南京舉人，蓋奉旨提解，即同罪囚，其餘雖冒籍如章禮等，先年亦止於貢院覆試，而臣男係臣等自請皇上温旨，聽之。今試之部中，監之高桂，比章禮等已嚴矣，而又謂無法紀。人心不平，何至此極？臣亦無可辯也。以上數款，皆血口横噴之説，盡變其疑信相半之原詞，而終不敢言臣子之無才，此亦見天理之在人心，有終不容昧者。

《疏調停二事》云：

臣等竊自惟身值禁庭，情聯一體。皇上既密以股肱心膂托之，而重以任事任怨望之。臣等一應處分票擬，若不附皇上而附他人，不從獨斷而從異論，此至無識者所不爲，亦至無情者所不忍也。惟是連年以來，止見有二事未决。皇上本無成心，本屬英斷，而爲内外小臣紛紛聒擾，以致言多愈窮，事激反重，大有可痛恨者。輒有調停善處之説，爲皇上陳之。且如鄒元標，本一樸厚書生，無他奇略，皇上先以録其微忠，再召入吏部，此豈有成心也。既而因調改南，兩京一體，亦未見大有摧折，而小臣争之，以爲此曠古遺直，不可不亟爲超用。臣等嘗取其原疏讀之，詞氣甚平，原無觸冒，而外庭以皇上之忤爲之，故昂其聲價。皇上因以外庭之争爲之，故抑其陞遷。然則擯元標者，乃諸臣，非皇上也。又李材，雖富有學問，年已近衰，不能覆實報功，爲將官所誤。皇上赫然震怒，拿問重處，豈非英斷也？既而獄久不决，重復行勘，明示可生之機，而小臣争之，以爲此曠古極寃，不可不亟爲叙録。未卜其生，先卜其用，不平如此，而望轉移天聽，亦不難乎？然則錮李材者，乃諸臣，非皇上也。臣等職司調爕，故於二臣之事始終不敢苟附人言，歸過於上。惟望聖明將元標先年條陳之事，與李材近日勘功之疏，平心觀覽，酌量處分。於元標則勒令該部改陞兩司外官，略其虚名，課以實事。於李材則照依劉天俸改發充軍事例，但减死罪，不减生罪。如此，則用舍操縱，兩得其平，而皇上乾剛獨斷之明，天覆無私之德，并行而不悖矣。臣等不勝犬馬爲主之忠，用敢上推聖心，參以己見，而效其惓惓如此。

《十一不可疏》云：

爲自揣身心俱病，一籌難展，乞恩早賜歸休，以免誤國事。該臣向以母子憂病，連章乞休，淚血且乾，嗚聲欲絶，已分無萬萬復留之理。既而因見遣官隆重，黽勉暫留，一者權爲母子避寵惜福，二者銜恩激切，尚自以爲身病而心未病，有所聞見，是是非非，亦未必無萬一仰裨於國是也。乃今則觸事生憂，揣己量物，有耳聞是非而不敢信，心知是非而不敢言者矣。將臣之所守先民直道之行，鄉黨自好之私愚，而不適於用耶？抑人情日新，事理千變，固非臣肝膽意料之所及耶？請略舉其概。

凡臣等輔理之職，大要在知言與用人。知言而定其取舍，本以通言路，而今人各欲建言，滿朝皆化爲臺諫，言各欲快意，執塗皆可爲盜賊。於是議論以多門而益壅，人品以疑似而益淆。遂使衢室四門，徒資聚訟，民生國計，反不上聞。是言路之不可復通也。

用人而審其賢不肖，本以清仕路，而今臣等之所謂賢，則曰是嘗以干某人進者，臣等之所謂不肖，則曰是嘗以忤某事退者。於是吉士以彙征爲禍門，澆夫以得貶爲捷徑。其啞口吞聲，揣心集木之士，則一面嚮用，又一面示不爲臣等用，以自解於嘲咻之黨。使朝廷無自行之賞罰，臣等無畫一之勸懲，是仕路之不可復清也。

君臣朋友之間，人皆知其貴直不貴諛，而今以責難者爲不忠，救過者爲傾陷，則臣之愚不可復效也。

密勿機衡之地，人亦知其貴斷不貴隨，而今從外制中順而易，從中制外逆而難，則臣之力不可復任也。

一班忠臣義士，誰無大節，誰無過舉？責之寬則當俱寬，責之備則當俱備。而今氣節論新舊，年位論高卑，或彎弓注射，盡掩平生，或緩頰游揚，偏稱一節，則臣之辯不可復伸也。

臣一生敬海瑞之爲人，伏其稜稜莊節，崖岸嶄然，而臣與姜寶面刺其非，立自悔責，此臣所以再拜謝喬璧星之顯諍，三拜謝李三才、周弘禴等之密規，誠恐冥冥之中負瑞良友。今後生輕死嗜義，未必如瑞，而堅忮過之。空訟必欲加實事之上，耳聞必欲加真見之上，馳騖必欲加退守之上，新奇必欲加平易之上，正直必欲加忠厚之上，而許訟必欲加正直之上。與之爲法，言且愈譁，與之爲巽，言且愈玩。則臣之誠不可復動也。

出位沽名之禁，係皇上因人因事而傳。乃言者以爲概關人口不便，而欲梗之。臣則謂出位不必禁也，但問其果關理亂，直得出位否。沽名不必禁也，但問其果拚死生，博得大名否。今苦争一人一家之勝負，而以撼臣等之輕塵弱草，微伺一嚬一笑之機關而以幸異，日之横飛直上。即如近日籌邊異同之論，元輔申時行主張，斷斷不差，此直得出位沽名否？而諸臣咀嚼睢盱，愈覺有味，則臣之淡面不可秘施也。

凡今之稱邪稱奸，稱貪稱佞，苟一加人，即不許大臣一言翻異。盍亦反而思之？彼之所謂奸邪貪佞者，胸中自有之乎？鬼謀而神告之乎？必有所從受之人。所從受之人，雖累而至於千人百人，未有不本於一二人者。使一二人之言果虛，則千百言皆虛也。甲者之口風，乙者之面貌，樹傳於核，火傳於薪，不知凡幾變化矣，而曰是必無訛。使委巷之議論信於朝廷之詔書，文人之筆鋒壯於三軍之意氣，則臣之苦心不可復剖也。

歷觀載籍，三季之亂，皆起橫議立黨。今之好議論者，豈皆小人，而臣亦何嘗盡以小人待之哉？顧君子而害事，與小人同。志高者識或闇，膽大者心或粗，責人明者己或昏，泥古過而今或戾。臣等謀國之謂何？豈有可含糊盡狥之理？譬之芝草當户而植，未必不爲莠，鳳皇入床而鳴，未必不爲梟。故宋名臣李沆爲相，自以一切報罷，上書務更張，喜激昂者，爲報主第一義。使在今日，則霜簡之内不知如何描寫矣。則臣之隱憂不可復釋也。

紀綱之説，後生最不喜聞。以爲同朝之士，簪佩相摩，不當太分別少長尊卑，比於部民之凌有司，卒伍之犯督師。殊不知士譁亂一伍，民譁亂一方，縉紳譁亂天下。有如前輩大臣，挾紀綱以招權鬻法，則人起爲鷹鸇，以此下多脱落。尊朝廷即紀綱也。少年輕俠，蔑紀綱以角勝争雄，則與其不紀綱而亂，又孰老成之闖闖而守，規規而趨，尚足以支太平哉？ 先是，嘉、隆之交，輔臣何等薰灼，然六曹稟命，道路禁口，此時正直之士偏束縛于紀綱，而臣等痛懲覆轍，歸威福於上，此時紀綱之説顧反盡化而爲土苴。 自古豈有政體倒持至此，而天下不亂者？蓋孔子至聖，能推項橐七歲之師，而不能容一正卯，此道寥寥，幾爲世詬。 則臣之老耄不可復使也。

凡人情，好惡有定向，取舍有定形，則雖辱至吮疽摩足，難至於赴湯蹈火，皆可狥人情而爲之。 今意向在此，言色又復在彼，嗔時一説，喜時又生一説。 遇事不争，則曰爾何兩可，既争矣，則又曰爾何執拗。 知人而未用，則曰爾何蔽賢，既用矣，則用曰爾何粉飾。 蓋臣親歷苦中之苦，而後知世上有情外之情，觸境皆疑端，措趾無全地。 則臣之戇直不可復容也。

抱此十一不可者，臣將安爲乎？ 勢不得不塞吐握之門以避嫌矣，勢不得不茹皂白之心以避口矣，勢不得不釋用舍之柄以避權矣，勢不得不秦越室人之鬭以避禍矣。 古之大臣，以人事君，以道事君，苟見其真是真非，可否在心，負蠅武而不懼，進退在手，蹈虎尾而不辭。若臣則辭且懼之不暇矣，國家又焉用臣爲哉？臣嘗讀《詩》至《小雅》，其傷亂也八九言讒，然篇中不刺讒人姓名，而專斥尹氏。静夜思之，若負斧鉞，誠恐失今不去而百世之後以臣當尹氏之誅也。今兩都部院大臣紛紛引退，朝堂之上，人不自安，此皆向時臣在山中親見。高名之士，挐舟數百里而訪之，交口望下風而譽之。昔何以賢，今何以不肖，此易曉也。而士大夫脇息顧望，莫敢端言，此徒爲臣等尚未去，有附離之嫌耳。夫愛惜耆舊，聖主之明也，懲張居正之敗，而閣臣無權。使人能掉臂而疏之，彈舌而悔之，此亦不失爲人臣之節也。顧臣觀天下之勢，如一舟九舵，雖賁育無所施功，惟一静可以鎮之，而静非徒自信此心，默默守官之謂也，惟一去可以明之。臣今以此之病，當此之時，皇上請先賜放歸，然後下臣所云十一不可者，與天下平其可否。或者局外之論，可以開局中之迷，不可知也。即遂成堅白，而數年以後，臣且見諸臣齒卒者漸長，位下者漸高，親閲處世之難與當事慮世之苦，亦或有論定思臣等之時，不可知也。臣之此疏，久已草成，會聞主事某疏入，恐至加譴，待事定而後上之。伏望皇上寬其噭噭，聽其怨怨，臣之得去，即没齒盜賊之名，不惟不辯，且愈得以藉口。而自後更有攻臣揭臣者，乃皆臣之益友矣。

文肅生平刻核中有情實，一段忠憤，死不可呑。第中有「芝草爲莠」「鳳皇爲梟」與「一切報罷」等語，得無作近日留中之俑耶？爲之怏怏。

十八日。晴。

客紹興人，乞引割席某氏。傍一人舉語謔之曰：「過江先生，聞一館主人口説銀子，奇其名，索看，駭曰『此束脩，非銀子也』。」客頗不平。蓋俗弟子酬師必云「束脩」，笑其人餘外并不見銀子故耳。余曰，不識亦雅馴，乃爲舉東坡説解嘲。坡書淵明《歸去來辭》曰：「俗傳書生入官庫，見錢不識，或怪而問之，生曰：『固知其爲錢，但怪其不在紙裹中耳。』予讀淵明《歸去來辭》云『幼稚盈室，瓶無儲粟』，乃知俗傳信而有徵，使瓶有儲粟，亦甚微矣。此翁平生只於瓶中見粟也耶？馬后宮人見大練，反以爲異物。晉武帝問飢民何不食肉糜。細思之，皆一理也。」客相笑而罷。

十九日。陰，日中大雨。

董思白過晤，姚叔祥、沈天生、郁伯承、陸甥嗣端、家昆于蕃、姪惟百，皆次第到。思白亟索《萬歲通天》真迹閲之。王氏十代叔祖畲帖，中有「秋冬不復憂病」之句，方茹嘆未已，黄黄石馳書，聞郭宗伯明龍訃，而東林顧涇陽先生亦是刻訃至，「秋冬」「茹嘆」之語，若有先會者。更出觀米海岳九帖，蔡君謨十帖，又四帖，及海岳《雲山卷》。

董跋《通天帖》云：「摹書得在位置，失在神情，此直論下技耳。觀此帖雲花滿眼，奕奕生動，并其用墨之意，一一備具，王氏家風，漏泄殆盡。是必薛稷、鍾紹京諸名手雙鈎填廓，豈云下真迹一等？項庶常藏古人名迹雖多，知無逾此。又徵仲耄年蠅頭跋，尤可寶也。萬曆壬子，董其昌題。」此帖前爲張伯雨跋，有云：「雙鈎之法，世久無聞，米南宫謂下真迹一等。」末小楷跋，則文待詔八十八歲書，故董云然。又第一跋係岳倦翁題，言承傳始末甚具，字亦沉著，但「竇泉」字多作「竇泉」爲誤。

海岳《雲山卷》，董鑒定王晋卿筆，未爲確然。

又董題伯承《廟堂碑》云：「《廟堂碑》，世鮮完善者。伯承所藏，是北宋長安未經安氏重鐫之本。虞伯施書自云『於道字悟入』，此碑『道』字甚多，悟門具在。」余按《金薤琳瑯》云，《廟堂》正書在陝西西安府學者，乃宋王彥超翻本，字之缺凡一百七十有九。當時此石本進呈太宗，以王羲之黄銀印一顆賜世南，事在貞觀七年。今此碑真迹爲叔祖墨林公得之，歸玄度家叔，慮汗汙不果索看。

董復以所爲犀杯銘書余扇頭，其書超絶中兼自妍美，銘語更佳。銘曰：「非熊非羆，厥獲維犀，利用行師。非金非玉，厥觴維角，大斗斯酌。文武孝友，執訊獲醜。彤弓兕觥，燕喜則有。叔作寶尊，章帝之佑。有酒如淮，有福如酒。王氏子孫，永永保受。」

沈純甫司馬嘗道永嘉張文忠公孫曾遺黄大癡册葉二十幅，後董玄宰、吴拳石皆願以五百金售之，不忍釋去。沈亡，今落愛妾王氏手。王頗珍惜，而嗣子以他事相競，王憤恨幾付烈焰中，傍力救得免。昔陸東湖炳之没，朱節菴希忠肯以千金謀得其所藏孫過庭《書譜》，日撥校衛數人爲輿閽，禁物出入，無不搜檢。然諸妾售所遺，或數百金或數十金不一。惟《書譜》在京師妾某氏處，一日出售，索價五兩，售者携之出。朱故以《書譜》諭邏卒，皆素所留意，群聲喝止，其人懼，仍還之。此妾泣謂諸人，售數百金數十金者，獨我售五金不許耶？持《譜》蘸油火焚之，益焚益泣。後知者急爲奪取，止留掌大一片矣。思白言如是。余因笑婦人真天地間不祥之物，於雅道中緣會最少。

余曩歲得無錫安茂卿《廬山寶書》，首李伯時白描經相，中則子瞻書《黄庭内景經》八千餘字，以遺廬山法師蹇拱辰葆光者，子瞻自爲之跋，伯時復畫坡真，且自畫其像贊云，殿以二十。淋漓數行，子瞻續題，以爲希世之寶，嗟歎不足，加贊十四語。已而黄魯直、蘇子由皆著語其後，伯時復寫二人像，以葆光爲導，子瞻再親題之，已魯直亦再親題之。末後魯直題椀大「廬山寶書」四字，伯時畫經相，修可三尺許，畫葆光、子瞻、子由、魯直、伯時像，凡五皆白描，子瞻題者三，伯時、子由各題者一，魯直題者二，中有句云：「傳非其人或飛騫，當付老龍藏九淵。」余貯暖翠閣中，戊申春，一夕火而盡，所謂「飛騫」「非其人」也。六丁爲老龍效靈，斗室中欲歌《公無渡河》矣。因尤玄宰《戲鴻堂刻》，止坡書與魯直一跋，而全逸伯時、子由并魯直最後跋，於四大字亦逸。一時同燬者，宋搨小楷十種，宋官板《文苑英華》一千卷，宋官板《百川學海》四十本，又《通典》四十本，乃宋時依板式造成之紙，四面不經刀截，紙色如澄心堂，反面每張有印，如金粟箋，尤可把玩。印中四字甚奇，忘其名。

郊北園扉題額未定，商之玄宰，曰：「此最難事。王百谷山人作齋，借南鄰大樹題曰『南』，取『南有喬木』也。山人王崑崙曰：『此地須屬君，若南鄰伐去其本，當題『南無』音如所念『南無』同。矣。」聞者絶倒。

其夕，室人産一女。先是，乙未正月，薊門官舍中先室沈坐草之日，陸九芝預擬賀章，中有錯寫『美麞之書』一語，余擬其讖，已而果育女。至是，友人復有簡詢美璋者，而以「璋」爲「麞」，竊又疑之，乃亦讖是踐也。

二十日。陰，晴。

共堪輿甘生談荒壟卜擇事。憶曩者五行、九星、叢辰、建除四家，言人人異，其誦古課似皆播造物于堂中，而稽之近事絶無驗者。其時友人米君夢曰：

諸家推法悉準，但君輩自失要領耳。每見曾、楊用法，并不遵時曆，以曆家不知黄道歲差故也。曆法自商周以下，皆不知歲差，至北齊向子信方候知之，其攷古今曆云：八十年差一度，有宋邵康節定歲差，若又加詳其算，日行於天，七十年約差一度。按，秦始皇十年甲子仲冬之日，日在卯之房。由此推而上之二千四百年，爲唐堯二十二年甲子仲冬之日，日在辰之亢。由秦甲子推而下之一千八百年，爲明嘉靖四十三年甲子仲冬之日，日在寅之尾。查今世所用通書神煞，皆仍古顓帝曆起例，乃數千年太陽行度之數而强推用於今日，豈有能造福者哉？舜造璇璣玉衡，以齊七政，校于今之七政曆，雖差不過毫釐。以今之大統曆逐月日所著用法校璇衡授時之義，其失不翅千里也。即以今萬曆四十年壬子歲正月壬寅建論之，據七政所書二十五日庚申寅時正三刻，後日躔危十二度爲娵訾之次。此分以二十四位言之，則爲壬之中，以一十二位言之，則爲亥之分。按斗柄其時當指斗五六度之間，爲析木之次。此分以二十四位言之，則爲艮之中，以一十二位言之，則爲寅之分。其日始爲建寅之月二十五日庚申寅時正三刻。後其日方爲破，寅時以前未爲破也。自此逐日排去，至二月二十七日壬辰酉時正初刻，後日躔奎初度爲降婁之次，始入戌宫。其時斗柄始指卯方，爲建卯之月。以此定二月二十七日以前，正月二十五日以後，三十日的爲建寅之月。此三十日内，始可以寅爲建，申爲破，巳爲平，亥爲收，從凶論也。以卯爲除，酉爲危，午爲定，子爲開，從吉論也。此建除家吉凶之大略。

若五行家，始可以此三十日内作壬寅月令推算。如用甲日，則爲建禄，用己日，則爲官印，用庚日，則爲財煞，以觀生尅制化之大端。若叢辰，於此三十日内始可推丁爲天德，推丙爲月德，斗口三帝星始可從四孟月起例，一切飛宫吉神始可用。壬寅月建入中宫，飛泊月家緊煞，可憑此定方，凶吉始準。

至於九星，全重弔替。此三十日内始可定八白守中、九紫居乾之序，方可斷壬寅作中爲相生，癸卯作乾爲尅賊。

以上皆卜擇之要領也。學者不知，一以時曆爲尚。若今年正月初四日己亥立春，舉世皆作正月建寅用事。不知其日太陽尚在虚初度，斗柄尚指牛五度，此分方爲癸之邊界、丑之初分，一切神煞皆從斗柄轉移，如何可令遽指丑月所司，預攝寅月之事耶？即此月内細推之，初五日庚子，本是丑月之天月德，誤認爲寅月四廢矣。十二日丁未，本是丑月之月破四廢，誤認爲寅月之人專天德矣。自此至二十五日庚申以前，共二十日，皆倒背錯謬。以後連閏共十三月，靡不皆然。術人入此迷徑，步步顛越，計復圖爲他人趨避，必不得之數也。吾不敢謂曾、楊諸名術深明曆法，但觀其用法如是，知於此道確然有主矣。其用月卦，則本當正月用泰，二月用大壯，其下注云「雨水九日始用泰，春分九日始用大壯」，是暗太陽過宫合也。其用雷霆，則本當正月用紫炁，二月則用水潦，其下注云「凡用月，將必太陽過宫後始驗」。此法世人皆不知已。

二十一日。晴。

是日也，土王用事。凡四季月土王用事後，土不可犯，故曆中此後二十日并無宜動土不宜動土之説。推測家鮮有如此，而猶有吉凶選擇，謬也。曾見一宋人書，四季月惟夏之季，土王生金，其時所當除，土王又不止二十餘日。此不與今曆同，書忘其名。

二十二日。酉末忽陰雨。

肆中以新梓《荆川左編》至。《左編》直從諸史中沙汰而臚列之，非難也。其奥義深旨，則排比倫類，等於衮鉞之嚴，令讀者凛栗可思。近世李卓吾《藏書》，蓋巧得其意者。友人姚叔祥《叙》，極暢斯旨，惜吴公本如不以其篇冠於卷端。《叙》載見咫集中，此不贅述。

二十三日。未申雨。

赴屠貴長招，小醉，坐客徐生劇譚甘受和之旨，余曰：「惟淡亦然。凡味之及而過焉者，以淡滲之，則勝之勢損，故惟淡無所不和，亦無所不受。五味中甘近和，蓋亦淡之屬也。」

四川徼外倮倮，俗以是日爲年朝，解牛并作諸肉生爲鄉會。會畢，各以火把爁身，或鬚髮衣服俱焚者，以爲禳一年之災。

二十四日。晴，申雨。

是日爲觀蓮節。

赴鑑臺叔招，出山谷老人書《廉藺傳》全篇，字可椀許，修數十尺，末題「摩圍閣老人書」，神情飛挺，目中所見山谷字以此居冠。

又展楊弘農草書《夏熱帖》，紙半損蝕，可辨者「凝式啓夏熱體履佳宜長觴蚤各有所致佳紙苦非」，纔二十字，較《韭花》尤縱健含。跋語三，其一：「右楊凝式墨迹一紙，字畫奇古，筆勢飛動，天墜間尤物也。公字與顔公一等，俱稱絶異。然公素不肯作尺牘，後人罕能見之，并可寶也。紫微閣王欽若定彧題，時大中祥符三禩天貺節。」其一：「右楊景度行書。山谷有云：『俗書祇識蘭亭面，欲換凡骨無金丹。誰知洛陽楊風子，下筆便到烏絲闌。』爲前輩推重如此。王欽若在天貺節尚有暇及此耶？此帖絶無發風動氣處，尤可寶也。大德五年七月十九日，直寄道人鮮于樞獲觀，信筆書。」其一：「楊景度書出於人知見之表，自非深於書者不能識也。此帖沉着而又蕭灑，真奇迹，可寶藏。延祐丙辰歲十一月十三日，吴興趙孟頫題。」

後又出馬遠單條四幅，俱楊妹子題。其一：「白玉蝶梅。重重叠叠染湘黄，此際春光已半芳。開處不禁風日煖，亂飄晴雪點衣裳。」再題「晴雪烘香」四字。其一：「着雪紅梅。銖衣翠蓋映朱顔，未委何年入帝闕。默被畫工傳寫得，至今猶似在衡山。」再題「朱顔傅粉」四字。其一：「烟鎖紅梅。夭桃艷杏豈相同，紅潤姿容冷澹中。披拂輕烟何所似，動人春色碧紗籠。」再題「霞鋪烟表」四字。其一：「緑萼玉蝶。渾如冷蝶宿花房，擁抱檀心憶舊香。開到寒梢尤可愛，此般必是漢宫粧。」再題「層疊冰綃」四字。後各有楊姓之章一小方印，與余家所藏妹子題馬遠《楊葉》《竹枝》二册字畫差大，然筆腕瘦嫩略相似。二册《楊葉》題：「綫撚依依緑，今垂裊裊黄。」《竹枝》題：「雨洗娟娟净，風吹細細香。」蓋楊妹子先曾許配遠，後選入爲光宗朝宫人，性喜圖畫，帝得馬遠手迹，輒令題識。此二幅婀娜有情態，尤其傑出可喜者。「今垂」作「今」字，此「金」字之誤。紹興間高宗有乾卦圖書印，此一印坤卦，乃僭用母后章。妹子寵横，光宗不能制，玆可具見。

二十五日。晴

北至客餉蘋果二枚。

代藩王初册爲新寧王之十載，立邊氏爲妃，其陪從裴氏即以次年生一子，於例未應選娶上册，其子無處可以報生。既而裴氏亡故，邊妃亦隨故去，然後奏選張氏，封爲内助，將裴氏遺子僞報爲張氏庶生第一子，賜名鼎渭。越六年，張氏自舉子，乃報作庶生第二子，賜名鼎莎。至代王進封親王之日，張氏雖進封次妃，然而鼎渭、鼎莎均之庶生，則渭庶長也，渭母裴氏依代王奏稱，妃邊氏病久，所娶之妾。然則裴氏雖未獲奏請而死，實額内第一妾，入府在張氏先，非濫妾也。最後更定要例一書，改竄條例庶長承襲之文，而爲濫妾等嚴申限制，代王乃乘機以庶二鼎莎改冒嫡一，奏襲世子。至是，鼎渭奏辨其事，一時南北諸臣争以長幼之分甚力，然未有台臣孫居相一疏明切證據者，略節記之，疏云：

爲親藩封典最要，姦邪亂制堪憂，懇乞聖斷，折群言，斥邪佞，以杜亂萌事。臣惟國家懿親，莫重於宗藩，而大禮莫重于封典。故我太祖高皇帝即位之初，即封典諸王。維時創制立法，于嫡庶長幼之間更加詳焉。迄今二百四十餘年，宗派雖繁，條例畫一，未聞以私意增減於其間者。有之，自萬曆三十二年始。彼時該部受賄行私，廢長立少，人言固已嘖嘖，至於今則更彰明較著矣。乃原任部臣李廷機，不知悔過，强欲飾非，將使祖宗二百餘年大經大典及我皇上之身，一旦倒置。兹豈聖明之世所宜有哉？ 除宗藩條要二例及秦府惟燿等事例，屢經科道諸臣韓光祐、彭惟成、馬孟禎等具晰，明如指掌，臣不敢伏贅外臣。

按往例，嘉靖十四年四月禮部題稱，襄府陽山王府鎮國將軍祐𣟴奏，祖襄定王選到周盛祥長女周氏，與父陽山王爲妃，無出，父恐絶後，又娶嫡妹周氏生臣，要得承襲父爵等因。 本部查得，襄府陽山恭和王病故時，原無嫡生之子，止有庶長子祐桄已卒，庶第二子祐楬係從侍嚴氏生，庶第三子祐棱係從侍錢氏生，庶第四子祐𣟴係妾周氏生，已照親郡王無嫡子者長子承襲事例，將祐楬題奉武宗皇帝，欽依准襲。 今祐𣟴妄行争襲，議得周盛祥長婦女配陽山王爲妃，又將次女進與爲妾也。 雖奉特恩俞允，終涉投獻之嫌。 經題奉武宗皇帝，欽依通行各王府禁約，立爲定制，以爲萬世不易之規。 今祐𣟴違例具奏，合行湖廣巡按御史訪拏賫本撥置之人，從重問譴。 仍令長史司啓王，將祐𣟴切責。 等因奉世宗皇帝聖旨，是祐𣟴違例妄奏，好生不守分，便行該府長史司啓王，嚴加切責撥置，并賫本的都着巡按御史從重問擬來説，欽此。

夫親、郡王，一例也。內助、侍從與妾媵，異名而皆妾也。襄府周氏，以嫡妃之妹奉命入宮，其所生之子尚不得以弟加兄，今張氏以內助之妾挾幸恃寵，其所生之子遂賄謀以少奪長，視武宗皇帝禁約、世宗皇帝聖旨，竟何如乎？在廷機固曰鼎渭之母裴氏陪從也，濫妾也。臣查條例妾媵款內，并無濫妾之説，雖濫妾款內帶陪從之文，然陪從與侍從同，豈襄府郡王侍從不謂之濫，而代府親王侍從反謂之濫乎？豈陽山王侍從生子，無礙承襲，而代王侍從生子，獨礙承襲乎？如或裴氏未經請婚而謂之濫也，則天下王府未請婚而先娶者十嘗八九，皆將謂之濫妻乎？其所生之子女，皆將不得請封乎？如以其未經題選而謂之濫也，則選與封孰重？按條例，親郡王妾媵已未加封且不論，而顧論區區選擇乎？如以其未奉勘合而謂之濫也，則是不論冊封而論部劄。豈秩宗半印尺幅，反重於朝廷煌煌寶冊乎？如以例前非濫，而例後謂之濫也，臣竊譬之宗藩有條例，問刑亦有條例。假如司寇立法於此曰「犯某法者得某罪」，此例也。此例一立，必待後有犯者而後罪之，諒不追既往之人而罪之也，況追既死之人而罪之乎？今引萬曆十年之條例，而律隆慶四年之裴氏，是欲追論於已故四十年之後，此必不通之論也。且條例明説，親郡王娶有内助妾媵所生之子，皆爲庶子。如嫡子有故，庶子襲封父爵，定以庶長子承襲。由此觀之，親郡王之子，非嫡則庶，再無别樣名色。其承襲王爵也，非立嫡則立長，亦無别樣家法。今廷機乃曰「鼎莎可稱庶，鼎渭不可稱庶」，不知將加之以何名乎？

臣謂天下即有濫妾而無濫子，故有嫡立嫡者，子以母貴，所以嚴嫡庶之防。無嫡立長者，子承父爵，所以明長幼之序。此天下之通義，萬世之常經也。未聞欲廢其子，而遂加其母以濫名者也。未聞以濫名加人之母，遂使其子不得稱長，又不得稱庶，而竟至於無可名者也。從無無父之子，亦無無名之子，詎意當聖明之世，輒敢創爲此言乎？況此一裴氏也，代王前疏明以爲妾，而廷機則以爲濫。此一鼎渭也，代王報明以爲庶，而廷機則以爲非庶。執一己之見，必欲廢他人父子兄弟之倫。護一時之短，必欲壞萬古綱常倫理之義。是誠何心哉？

其諸羅織語，此不盡載。

二十六日。晴。

米君夢寄示産婦危急方，能開交骨，即五七日不下垂死者，皆救之。大川芎一兩；當歸一兩；曾生男女健婦人髮一束；皂莢洗净煅存性五錢；自死龜板一具，酥炙研末五錢；順流取河水一鐘半，煎服。太弱者量加人參。

外父澹園從潘氏得一花觚，青翠甲於近所覩。見款有「木觚」二字，傳言按五行法，金木水火土觚各一，今已亡其四。余曰不然，因授二書證之，俾以傳示子孫也。《款識》載木觚款，《博古録》云：一曰木。蓋木者無所經見，詩人嘗借仕於樛木，而王氏以木爲仕仁類，則宗廟之祭與夫燕饗之間，未嘗不以仁爲本。其義類此。

《紹興内府石器評》：商木觚銘一「木」字。昔之作詩者，嘗借仁于樛木，而王安石以木爲仁類，則木者仁也。觚爵飲器，而取像如此，蓋嘗禘與鄉射與夫燕享之間，未嘗不以仁爲主耳。先王創一器，必有名指，古名必有戒，以爲敗德者莫若酒，而觚有孤義，古制觚者所以戒其敗德而孤歟？

二十七日。晴。中伏。

姚叔祥持其家所給洪武年間户帖，開載户部洪武三年十一月二十六日，欽奉

聖旨：

說與户部官知道：如今天下太平了也，止是户口不明白俚，教中書省置下天下户口的勘合文簿户帖，你每户部家出榜去，叫那有司官將他所管的應有百姓都教入官附名字，寫着他家人口多少。寫的真，着與那百姓一個户帖，上用半印勘合，都取勘來了。我這大軍如今不出征了，都教去各州縣裏下着遶地里去點户比勘合。比着的便是好百姓，比不着的，便拿來做軍。比到，其間有司官吏隱瞞了的，將那有司官吏處斬。百姓每自躲避了的，依律要了罪過，拏來做軍。欽此。除欽遵外命給半印勘合户帖，付本户收執者。

一户：姚福貳，嘉興府海鹽縣，在城西南隅。

民户

計家肆口

男子壹口

成丁　壹口，本身，年叁拾柒歲。

不成丁

婦女叁口母周，壹孃，年柒拾壹岁。

妻沈貴，二孃，年叁拾捌歲。

女，年壹歲。

事産房屋，間壹厦。

右户帖付　收執。准此。洪武四年十月　日。

周圍梅花欄，大不滿二尺號，數處半鈐户部印，填合同新字肆伯捌拾壹號年月日，下左有一大「部」字，其下花押直連者三，又横并者三。印文已全脱落不可辨。

陳眉公繼儒跋云：

恭誦洪武給發户帖，此四年勘印者，内云「我這大軍不出征了」，此「震」

「鼎」之後以「艮」用事也。姚翁遇此重更一番天地。太史公《樂書》言，文景之世，黎民新出湯火，老人嬉游市中如小兒狀。姚翁蓋其時矣。二百三十七年，其孫叔祥出視此帖，尊王敬祖，具見於此。叔祥廉重，淹貫古今，稱天下大儒。《永樂寶訓》云：「好百姓定有賢子孫。」真不妄也。

按此户帖，皇明政令諸書皆所不載，《洪武實録》惟三年十一月廿六日辛亥，覈民數，給以户帖。先是，上諭中書省臣曰：「民者國之本。古者司民，歲終獻民數於王，王拜受而藏諸天府。是民數有國之重事也。今天下已定，而民數未覈實，其命户部籍天下户口，每户給以户帖。」於是户部製户籍户帖，各書其户之鄉貫丁口名歲，合籍與帖，以字號編爲勘合，識以部印。籍藏於部，帖給之民，仍令有司歲計其户口之登耗，類爲册籍以進，著爲令。其時日一與户帖同。大要此蓋撤軍而諸衛所軍户不實，故凡人口田地與此帖對勘不着者，俱發充軍。所謂「好百姓」三字，特藉以收拾天下民心耳。直下三花押，疑是户部尚書及左右侍郎。横列三花押，疑是郎中、員外主事。然此時曹郎尚未分設，其是否亦不復可詳。《列卿年表》，以三年任尚書者爲滕德懋，左侍郎爲尋适、張琬，右侍郎爲程進、高啓。據《實録》，是年三月十三日壬寅，遷兵部尚書滕德懋爲户部尚書，以黄州知府尋适爲左侍郎，程進爲右侍郎。繼此三月十九日戊申，以吏部侍郎李廷桂爲户部尚書，本日即以事降户部尚書杭琪爲陝州知州。九月五日庚寅，以户部郎中程昱爲本部尚書。六日辛卯，以鷹揚衛知事蔣禮爲户部侍郎。十五日庚子，以岳州府知府蔣思德爲户部尚書，尋復思德知岳州府。十一月九日甲午，以開封府知府宋冕爲户部尚書。四年閏三月六日己未，以宋冕爲河南行省參政，尋留爲中書省參政。四月癸未朔，復召岳州府知府蔣思德爲户部尚書，以侍儀使韓寬爲户部侍郎。二日甲申，以禮部侍郎秦文繹爲户部尚書。五月廿六日戊寅，改禮部尚書楊訓文爲户部尚書。《年表》訓文改户尚在六年。六月壬午朔，以平陽府知府徐本爲户部尚書。七月戊子，以陳則爲户部侍郎。八月十九日己亥，擢中書省左司郎中海淵爲户部尚書。所徵信於三年、四年者，皆歷歷可考。然則前所稱户部官，其尚書當爲宋冕，侍郎當爲蔣禮，而四年十月頒行姚氏户帖，其尚書屬海淵，侍郎屬陳則無疑。《年表》止於四年載尚書楊訓文，與前六年又相矛盾。而侍郎并無所見。乃於海淵則云五年任，陳則則云八年任，不同如此。

二十八日。晴。熱甚。

讀沈存中《筆談》。其言：六壬天十二辰，亥曰登明，爲正月將，戌曰天魁，爲二月將。古人爲之合神，又謂之太陽過宫。合神者，正月建寅合在亥，二月建卯合在戌之類。太陽過宫者，正月日躔娵訾，二月日躔降婁之類。二説一也。此以顓帝曆言之也。今則分爲二説者，蓋日度隨黄道歲差。今太陽雨水後方躔娵訾，春分方躔降婁。若用合神，則須自立春日便用亥將，驚蟄便用戌將。今若用太陽，則不應合神，用合神，則不應太陽。以理推之，發課皆用月將加正時，如此則當從太陽過宫。若不用太陽躔次，則當日當時日月五星干支二十八宿皆不應行，以此決知須用太陽也。然尚未是盡理。若盡理言之，并月建亦須移易，緣目今斗杓昏刻已不當月建，須隨黄道歲差。今則雨水後一日方合建寅，春分後四日方合建卯，穀雨後五日方合建辰，如此則與太陽相符，復會爲一説。然須大改曆法，事事釐正。云云。按，此與米君夢所論正同，皆未曾確指年月日時經常變遷之故，與夫釐正之方，世依然無所適從也。君夢嘗詳論云：沈公曆法得於衛朴，衛朴曆法之精，誠千古一人。時沈爲太史令監，朴造曆，氣朔已正，但五星未有候簿可驗，須每夜昏曉、夜半及五星所在度杪，置簿録之，滿五年乃可成。時曆官惡朴勝己，屢搆大獄，候簿竟不能成。今只據目前顯著之理，便足定其大綱。夫歲以春夏秋冬爲四序，四序一週爲一歲。如今歲甲子，明歲乙丑，週六十年而復更始。日以日出爲旦，日入爲暮。今日甲子，明日乙丑，循環六甲，萬古無間。時視斗柄迴旋，以定占法。如建寅之月，戌時指寅，亥時指卯，子時指辰，建卯之月，戌時指卯，亥時指辰，子時指己，以次而運，週十二辰。若戌時隸甲，則亥時隸乙。以上三者，人習以爲常，天道亦無變者也。月則天示朓朒魄朏之象，人定晦朔弦望之名，包三十日旦暮爲一月之分。地雖有常道，然十干十二支統之，則月月變遷，要非其定位也。苟智者知曆之宗，每月觀於天行以定十二辰所屬，庶永無差失矣。如今年壬子，正月建壬，寅必從二十五日庚申始，以戌時斗杓指寅，所以爲建寅也。則二月二十七日壬辰爲建卯之始，四月初一日乙丑爲建辰之始，五月初三日丙申爲建已之始，六月初三日丙寅爲建午之始，七月初三日乙未爲建未之始，八月初六日丁卯爲建申之始，九月初九日庚子爲建酉之始，十月十一日辛未爲建戌之始，十一月初十日庚子爲建亥之始，閏十一月初八日丁卯爲建子之始，十二月初六日乙未爲建丑之始。此爲天之月建隸十二辰，古璣衡，今七政，不過因此遞推，袁、李所以發課，曾、楊所以卜擇，胥是耳。五行判吉判凶，乃始有所准的，非若二十四氣之無與天行也。世顧不知晦朔弦望，止爲一月之地分，立春、雨水止爲一月之氣分，皆空位未有實權者也。至於月將月建，各秉化機。月將爲太陽扈從之臣，月建爲斗杓司運之使。故登明非亥也，登明爲亥地之將。壬寅非寅也，壬寅爲寅官之神。是故斗杓指寅之辰，乃太陽躔亥之日，其月月將與月建相關通，故曰寅與亥合。此六合之義所由始也。若太陽未躔亥，斗杓未指寅，雖交立春而寅亥非合，壬寅非建，登明非將，一切神煞，尚秉丑令，故曰月之地分氣分皆虛位而無實權也。且依天行論月，雖遲速不均，所占地分多者不過三十二日，更不須置閏月之空位。以節炁論月，而遲速不均，所占地分多則亦有至三十二日者，今閏十一月即須强判，半歸壬子，半歸癸丑，與月建月將全不相干，使昧者徒執地分氣分之空位，認某神在斯，某煞在斯，此曆家之過泥也。

二十九日。晴。

日本國是日名曰「爲巽壽」，各集人衆，棹小舟，彩旗鼓樂，至海迎潮，競先後以分勝負，取其吉利。

日燠甚，而體時時若風觸之。先是夕嘔頓喉嗽間，意如媒痁也。欲完先室沈無非氏行狀，憶其生平酷情研筆，朝夕讀書不休，所著詩文成帙。歲丁未，悉被於火，點檢無十之一，泣下潸然。尤喜臨池，絶肖褚河南、《九成宮》，手書所撰《朝鮮許士女集小序》一首，先爲其兄沈景倩臨上木，今記之，爲兒輩存手澤云。

是編也，爲箕國士女許景樊詩若文，秀色逼人，咄咄無胭脂氣。昔稱絳仙可療飢，女豈其儔伍耶？ 間剽竊古人如冰屋珠扉一二語，然肖景處故不害爲畫師後身。世毋曰龜茲王所謂驘也而易之。無非氏題于密雲之深深齋。

呼桓日記卷之三

七月朔。卧病，熱甚，未餘雨。

大司寇趙焕疏請熱審。故事，每歲夏小滿後至芒種前，閣臣具揭，隨即傳旨奉行。惟三十九年未涣德音，遂成缺典。兹復踰月不舉，故有是請。然俞旨尚稽也。是時無辜被獄者，知縣滿朝薦，以税使梁永故，同知王邦才，以税使高淮故，同知卞孔時，以税使陳奉故，皆被羅織。又宛平知縣李嗣善者，考訊玉熙宫内侍馮進朝，而反爲進朝所奏，下法司。卞事在辛丑，雖蒙恩詔，尚未回籍，踰今十二年。滿羈刑部今六年，王羈錦衣衛今五年，李亦羈刑部今三年，未釋云。

二日。午餘極雨。

范雲賓言，王后山之父治一婦人腹脹者，諸醫施寬氣等劑，不愈，王即取他醫成劑，投針屑一掬服之，輒效。王云，此係肝脹，取金之克木，故效也。

范遇一頭暈人，飲食皆無恙，惟略昂首則瞑眩欲絶。范以意用甘菊一兩合他藥爲劑，仍投以金銀之類，煎治之而暈止。蓋甘菊苦寒之味，甘上行，苦下走，佐以鎮墜之物，因能引火之上欝者，疾于滲下耳。

三日。晴。

四日。晴，大風。

痁疾綿掇，良不辨人事。服石腦之甯生，殊迫赴火，咽虹丹之墨狄，甘瞑没水矣。

五日。晨雨，已漸霽。

蘭齋弟説療雀盲方。取羊肝一枚，忌鐵器，用竹刀細剔去筋絲，將牡礪一兩煆過，研爲細末，復將夜明砂一兩淘浄，約存四五錢，微火焙乾，同牡礪入羊肝内，於砂鍋中水煮熟爲度，滚時趁熱燻眸子數十番。俟冷，不拘次數，食羊肝盡，其明即服。若經四五年外，如法服羊肝二枚足矣。

一治刀傷。焙茶時，凡茶上飛起芒屑着茶灶或鍋蓋等處如塵者，用鵝毛拂取貯磁罐中，遇傷處即重甚敷上，止痛生肌如響。

六日。晴。

一日去血瘀。三次藥以參茯，病小間。

先是，以條家錦衣之爭上議，當事有云，先襄毅公曾孫某，生而天閹，勢不能舉子。家叔鑑臺詢天閹所出。蓋男子娶而終身無嗣育者，謂天閹，亦謂黄門，晋海西公嘗有此疾。北齊李庶，生而天閹。《大般若經》云，梵言扇搋半擇迦，唐言黄門，其類有五：一曰半擇迦，總名也，有男根用而不生子；二曰伊利沙半迦，此云妬，謂他行欲即發，不見即無，亦具男根而不生子；三曰扇搋半擇迦，謂本來男根不滿，亦不能生子；四曰博義半擇迦，謂半月能男，半月不能男；五曰留拏半擇迦，此云割，謂被割刑者。此五種黄門，名爲人中惡趣受身處。搋，音丑皆反。

按《黄帝針經》曰，有具傷於陰，陰氣絶而不起，陰不能用，然其鬚不去，宦者之獨去何也，願聞其故。岐伯曰，宦者去其宗筋，傷其動脉，血瀉不復，皮膚内結，唇口不榮，故無鬚。帝曰，有其天官者，未嘗被傷，不脱於血，然其鬚不生，何耶。岐伯曰，此天之所不足，其任衝不盛，宗筋不成，有氣無血，唇口不榮，故鬚不生。《周禮·奄人》鄭氏注：「奄，真氣藏者，今謂之宦人。」《搜米異聞録》云：「太平興國三年七月詔，七日爲七夕嘉辰，著爲甲令。今之習俗多用六日，非舊制也，宜後用七日。且名爲七夕而用六，不知自何時始。」然則宋以前有以六之日稱七夕者矣。

七日。晴。

泰宇叔别之白下。

先是，朝端連俞按臣熊廷弼、畢茂康之請，遼、陝各争解額五人。自是他省無處不請廣額，而南直隸江北四府三州，欲與江南十府一州比。會試例分南北卷，江南額七十三名，江北額三十二名，江南諸縉紳力辯其不可，曰：

人材之有多寡，猶田土之有肥瘠，中額之有多寡，猶賦税之有重輕。辟如江南賦額繁重，求分於江北，肯受否也？且端何可開？即浙江中式，惟杭、嘉、湖、寧、紹爲最，江右惟南、吉爲最，福建惟福、漳、興、泉爲最。此例一開，彼嚴、處、温、台，獨不與杭、嘉、湖、寧、紹分南北耶？江、廣、臨，獨不與南、吉分南北耶？建、江、台，獨不與福、漳、興、泉分南北耶？此則比例無寧日矣。且各省之求增，侈口于人文之盛，江北之求增，反藉口於人口之衰。各省皆以邇年中式之多，明爲求加，江南反以歷年中式之多，陰令受減，此于理安於詞順乎？喜其説辯甚，且可杜異時之非理求乞者，記之。

八日。晴。

聞里人姚悦溪治小儿痧疹腹脹垂死者絶神驗。有傳其秘者云，止用桃仁一味，劈開去衣，微火徐徐焙燥，勿焦，研令碎爛，同酒漿調服。雖危甚，無弗立起。

九日。晴。

疾漸强起。蘭始花，伊蘭尚未絶開，蓋昔年所罕也。是夕白虹燭天。

十日。晴。日晡微雨數點滌煩。

賈人持一成窯把盃至，上有飛鳥八翼，黄果十六枚，黝水鮮瑩，黄擬蒸栗，赤奪雞冠，青埒翡翠。磁造一藝耳，至於此極者，乃能如此。云國初海船飄至某山，山土俱五色，舟人取土鎮船，不虞寶色可供燒造。今景德鎮已絶少，惟回青差有藏者，國家厲禁則愈迫云。成窯世貴成對，意竊未然，不難得則不足爲佳物。古人云一不爲少，正此謂也。

未二刻始秋。《孝經緯》曰，大暑後十五日，斗指西南維爲立秋。此去大暑正可半月，其説當驗。

十一日。陰雲日移，申復灑霏霂。

邸報聞黄慎軒之變。慎軒名輝，蜀人，九歲入庠，年十二稱選貢生，試本省作解，直指以其年少持之再舉。後三歲，復以解舉於鄉。居中秘日，與袁伯修宗道、陶石簣望齡輩處心竺乾氏不衰。壬寅，沈相一貫以祝髮李太守贄有「百世閣學萬年閣學」一書，萬年始胡惟庸，至一貫，言遺臭也。李自此得罪，文致之，死獄中。因下旨，隱隱侵輝輩禪寂者。輝力辭去，今十載，獲踐其初服，不落名利場中，真菩薩再來身也。

又覩前竇坻知縣王淑汴一揭，殊可駭。淑汴，侍郎王圖子也，揭其伯王國冒滅倫事，云：

見任真定巡撫王國，冒姓王氏，貽害一宗。國母原係平凉府，不知名姓，流娼拾麥，至州或寄在人家，或夜宿寺觀。先祖在孫真人觀中讀書，曾一相會，不三月生國。時先祖無子，欲收養之，乃已被一賣婆孟三姐荆筐盛去。先祖用麥二斗取回，收養爲己子。先祖母氣急，三日夜不食。及長，先祖令在書房供先伯及家大人筆硯灑掃之役，從來不以爲兄。後因其聰明，亦令讀書進學。家大人稍以兄呼之，先伯終身不以爲弟。合州士民，無不知之。先祖母堅不受國之封，明知非王氏之子故耳。嘗曰：「我兒極不長進，我也不受奴才之封首。」又有「諂事王篆，爲居正反噬之狗，阿媚太宰，爲丕揚讒諂之妾」等語。寶坻素恣睢，而又輕發難，禍釀家門，爲之訐汗於背。或云奸人托淑汴名發之，未可知。後國竟無辯，圖雖有疏，亦不爲兄雪，此蓋難言之矣。

十二日。晴。

旬中善病，頗與醫輩周旋，所得方藥神驗，書之聊作一林下方丞耳。

武塘袁氏治小兒痘疹難發者，惟戍腹糧甚效，其法取白犬一隻，閉空室中，俟其極飢，取水和米恣食之，乃將犬糞中米粒未化者淘净，儲以入藥。其米經犬腹中酷熱迅補，故奏效甚捷。或云此米以啖鴿即死。

一哮喘者藥，百試不效，游方人授以藥三服而愈。其方：井泉石、鵝管石、雄黄、官桂、佛耳草各一錢五分，款冬花二錢五分，甘草五分，共爲末，不拘時，冷茶調下，每服一分，用蘆管吸入喉，即時吐出血膿，三四服愈。

醃芥菜滷，將罈盛貯埋土中，以年久爲佳。患喉風及肺癰急甚者，飲之立愈。

十三日。陰。

有持靖窯滿池嬌盞十枚相售，濃翠可滴，或云此徽人王登善新造，恐未然。審爾，幾奪真矣。

小午秋霖霎霎，凉可授衣。高元雅以文壽承草書二幅至，此君書法宗孫虔禮，大草逼真素師，迥過其父。

一患徽瘡即所云楊梅瘡也者言，輕粉毒流注筋骨，痛甚，有教其服鉛數月，則受毒處當穴一孔如針，水自流盡，終身無痛。其法，每服罐中貯水二碗，將鉛二兩火鎔成汁，投水中煎少頃，復取鉛出鎔如前。如此投水煎五次乃服。服旬日，保一年。竟月，保三年。如法服一月，果痛悉止，踰三年無恙，今不免漸楚如昔矣。

十四日。晴。

有力至自維揚，携蘋果數枚，病始愈，略小嘗之。此果近亦産淮揚間，生則適口，越千里稍熟，便如蒸哀家梨，不堪嚼。南人珍嗜者，物奇于所罕見耳。

昔云草木怒生，庭除萌蘖，隨削隨蔓，怒之不可遏如此。楊文公《談苑》記江南後主患清暑閣前草生，徐鍇令以桂屑布磚縫中，宿草盡死，謂《吕氏春秋》云「桂枝之下無襍木」。蓋桂枝味辛螫故也。《雷公炮炙論》云，以桂爲丁，釘木中，其木即死。蓋性之相制使然。

十五日。晴。

邸報福王府第成，右司空劉元霖等疏請之國。是役也，所費金共五十餘萬云。

十六日。入秋暑色倦減，微雨韻荷，庭蕙泛回風，卮酒聽於簾下，頽然而憩。午餘起，得楊用修《韻寶》讀之。證據弘博，自是胸儲琬琰者。凡《藝苑卮言》所載，止《升菴詩集》《升庵文集》《升庵玉堂集》《南中集》《南中續集》《七十行戍稿》《升庵長短句》《陶情樂府》《續陶情樂府》《洞天玄記》《滇載記》《轉注古音略》《古音叢目》《古音獵要》《古音複字》《古音駢字》《古音附録》《異魚圖贊》《丹鉛餘録》《丹鉛續録》《丹鉛摘録》《丹鉛閏録》《丹鉛別録》《丹鉛總録》《墨池瑣録》《書品》《詞品》《升庵詩話》《詩話補遺》《箜篌新詠》《月節詞》《檀弓叢訓》《墐户録》《瀑布泉行》《滇侯記》《夏小正録》《升庵經説》《楊子巵言》《巵言閏集》《敝帚病榻手吹》《晞籛觚（筆）》《六書索隱》《六書練證》《經書指要》《詞林萬選》《禪藻集》《風雅逸編》《藝林伐山》《五言律祖》《蜀藝文志》《唐絶精選》《唐音百絶》《皇明詩抄》《赤牘清裁》《赤牘拾遺》《經義模範》《古文韻語敘》《管子録引書晶鈺》《選詩外編》《交游詩録》《絶句辨體》《蘇黄詩體》《宛陵六一詩選》《五言三韻詩選》《五言別選》《李詩選》《杜詩選》《宋詩選》《元詩選》《群書麗句》《名奏菁英》《群公四六節文》《古今風謡》《古韻詩略》《説文先訓》《文海鈞鰲》《禪林鈎玄》《填詞選格》《百琲明珠》《古今詞英》《填詞玉屑》《韻藻》《古諺》《古雋》《寰中秀句》《逸古編》《詩林振秀》，共八十九種。及得簡紹芳編次，乃更有《古音餘録》《古篆要略》《韻林原訓》《襍字韻寶》《丹鉛贅録》《選詩拾遺》《唐音精絶》《六言詩選》《草堂詩餘補遺》《謝華啓秀》《譚苑醍醐》《清暑録》《金石古文》《莊子刊誤》《古文韻語別録》《山海經補注》《銘心神品》《千里面談》《江花品藻長短句》《續南中集鈔》《升庵文稿》《素問糾略》《脉位圖説》《崔氏誌銘》《洛神賦》《梅花賦》《樂志論》《温泉詩》《月儀帖》等書，并余舊收《大理府志》，亦出其筆，較《巵言》倍三十一種云。識之以便博討。

友人相邏登秦望山，病小愈未果云。是時冷露蕈最佳。山之巓歲三生蕈，春松花蕈附松而生，夏雷蕈因雷雨生，秋冷露蕈沾露水，惟松花蕈尤清馥。

十七日。陰。移午小雨。

出東垣楷書萬應方示陸心泉。東垣没，以授其弟羅謙甫者，較所梓十書殊多秘奥，李氏玄旨漏泄殆盡。先伯蘭臺精鑒法書，每云東垣是書，其用墨之巧中的，的右軍派，末有朱丹溪手跋，字亦秀挺，因笑曰：「二君倉頡之妙，皆爲神農嘗百草所掩。」

市曹右側居民亡命者習通倭，已數番，頃二三人復挾貲往，所帶羢毯最多。蓋倭人坐皆席地，得一毯，誇爲豪貴，每條值可五十金，小民視利倍蓰，走死地如鶩。此行獨不能達，將抵日本，海中大魚千頭，挾波支拄船首，凡數四。其夕榜人皆夢一龍繞柁，疑而搜客貨，則有二龍段，係上用揀留者，船打入乍浦内洋，官軍擒獲，解報督撫，乃以其事下郡。聞已題請共監禁十二人云。

國初《通番事迹》附記其後。今石刻在劉家港天妃宫壁間，是後來一證據也。

明宣德六年，歲次辛亥春朔，正使太監鄭和、王景弘，副使太監朱良、周福、洪保、楊真，左少監張達、吴忠，都指揮朱珍、王衡等，立其辭曰：

敕封護國庇民妙靈昭應弘仁普濟天妃之神，威靈布於鉅海，功德著於太常，尚矣。和等自永樂初奉使諸番，今經七次，每統領官兵數萬人、海船百餘艘，自太倉開洋，由占城國、暹羅國、爪哇國、柯枝國、古里國，抵于西域忽魯謨斯等三千餘國，涉滄溟十萬餘里。觀夫鯨波接天，浩浩無涯，或烟霧之溟濛，或風浪之崔嵬，海洋之狀，變態無時，我之雲帆高張，晝夜星馳，非仗神功，曷能康濟。值有險阻，一稱神號，感應如響，即有神燈，燭於帆檣，靈光一臨，則變險爲夷，舟師恬然，咸保無虞。此神功之大概也。及臨外邦，其蠻王之梗化不恭者，生擒之，寇兵之，肆暴侵掠者，殄滅之，海道由是而清寧，番人賴之以安業，皆神之助也。神之功績，昔嘗奏請於朝廷，宫於南京龍江之上，永傳祀事。欽承御製記文，以彰靈貺，褒美至矣。

然神之靈無往不在，若劉家港之行宫，創造有年，每至於斯，即爲葺理。宣德五年冬，今復奉使諸番國，艤舟祠下，官軍人等瞻禮勤誠，祀饗絡繹，神之殿堂，蓋加修飾，弘勝舊規，復重建嵋山小姐神祠於宫之後，殿堂神像，燦然一新。官校軍民，咸樂趨事，自有不容已者。非神之功德感於人心而致是乎？是用勒文於石，併記諸番往回之歲月，昭示永久焉。

永樂三年，統領舟師往古里等國。時海寇陳祖義等聚衆於三佛齊國抄掠諸番商，生擒厥魁，至五年回還。

永樂五年，統領舟師往爪哇、古里、柯枝、暹羅等國。其國王各以方物珍禽獸貢獻，至七年回還。

永樂七年，統領舟師往前各國。道經錫蘭山國，其王亞烈若奈兒負固不恭，謀害舟師，賴神明顯應知覺，遂生擒其王，至九年歸獻。尋蒙恩宥，俾復歸國。

永樂十二年，統領舟師往忽魯謨斯等國。其蘇門答剌僞王蘇幹剌寇侵本國，其王遣使赴闕陳訴請救，就率官兵勦捕。神功默助，遂生擒僞王，至十三年歸獻。是年滿剌加國王親率妻子朝貢。

永樂十五年，統領舟師往西域。其忽魯謨斯國進獅子、金錢豹、西馬，阿丹國進麒麟，番名剌法，并長角馬哈獸，水骨都束國進花福禄并獅子，卜剌哇國進千里駱駝并駝雞，爪哇國、古里國進麋里羔獸。各進方物，皆古所未聞者。及遣王男王弟捧金葉表文朝貢。

永樂十九年，統領舟師遣魯謨斯等各國使臣久侍京師者悉還本國，其各國王貢獻方物，視前益加。

宣德五年，仍往諸番開詔。舟師泊於祠下，思昔數次皆仗神明護助之功，於是勒文於石。

又永樂、宣德間遣使下西洋所用海船及官軍諸色人名數，附此。

寶船六十三號，船大者長四十四丈四尺，闊一十八丈，中者長三十七丈，闊一十五丈。

計差下西洋官校、旗軍、勇士、通事、民稍、買辦、書手，通二萬七千六百七十員名，官八百七十員名，正使太監七員，監丞五員，少監十員，内官内使五十三員，都指揮二十員，千户一百四十員，百户四百員，冠帶通事三員，六部郎中各二員，陰陽教諭一員，醫生一百十七員，餘丁二名，軍二萬六千八百二名。

偶懷在藻之樂，吕華高常星海遺金魚，朱眼、白紅鬚、十二紅之類，皆絶佳。諦視良久，魚在水尋流下上，亦不左觸岸，亦不右觸岸，于人若親若不親，飲食吐納惟適，行健如户樞之常轉，能不腐敗，于此悟逍遥養生之義。

十八日。末伏。陰。

《史記注》：立秋後初庚爲末伏，謂之三伏，又謂之三旬。

先母忌辰。禮，忌日不見客。

薛昌緒以是日爲不樂日，嘗以物蒙其面，或誚之曰人妖。然此秉禮而過，謂之妖則乖矣。

案頭架《黄庭内景經》，北岳蔣夫人云，讀此經使人無病，是不死之道也。經云，口爲天關精神機，手爲人關把盛衰，足爲地關生命扉。《真誥》云，爲道當令三關調，口爲心關，足爲地關，手爲人關，與《黄庭》同。然并有説而無法。元陽子則以明堂、洞房、丹田爲三關。又《參同契·關鍵三寶章》云，耳目口三寶，閉塞無發通，善于此三者關鍵，庶可語煉丹入室之旨。《真誥》又云，當存五神於五體，五神謂兩手、兩足、頭是也。頭想恒青，兩手恒赤，兩足恒白者，則去仙近矣。《真誥》西城王君曰，心善既發，信道德長生者難也，既信道德長生，值太平壬辰之運爲難也。紫元天人曰，天下有五難，而其一云生值壬辰後聖世難也。愚竊未安壬辰之説。《神仙傳》太真夫人與安期先生論陽九百六之期云，唐世是小陽九之始計，訖來甲申歲，百六將會矣。爾時道德方隆，凶惡頓肆，聖君受命，乃在壬辰，無復千年，亦尋至也。千年尋至壬辰，此云在唐世，似又非《真誥》中之壬辰。然安期之對太真曰，當令馬明生二千年之内，闕天路矣。《靈寶經》云，陽極於九云陽九，陰極於六云百六，即陰六也，小則三千三百年，次九千九百年，大九九八十一萬年爲劫終，不知吾輩生丁何運，猶幸在安期二千年中，叠琴心，舞胎仙，差可覬也。

臥榻去蘭亭越數千武，尋芳蜂蝶無數，然兩者清濁天懸。蝶者花之友，蜂者花之賊。花際蝶深深見，自覺不岑寂，使蜂搔遶一番，花之神理都盡。蝶但見色香，故意止點綴，而蜂則口腹全托于葩豔，極其舌身以窮味觸。或者曰，使蜂能無味觸，使蝶復無色香，皆幾于道。

夙患腸風，宜興查了吾授一方，歷歷驗，傳人靡不效者。厚朴去粗皮二兩，薑汁拌炒，黄砂仁研末三錢，麥芽炒，研末三錢，神麯打糊爲丸，梧子大，空心清飦湯下五十丸止，後不必服。

十九日。秋暑煩欝，意其媒雨，乃第殷靁數聲，澄皎竟暮。

魏園頗煩斧斤，啓藻兼之憂，念斗大齋居未就，不堪草草。檢得《真誥》静室法，識之。所謂静室者，一曰茅屋，二曰方溜室，三曰環堵。制屋之法，用四柱三桁二梁，取同種材。屋東西首長一丈九尺，成中一丈二尺，二頭各餘三尺，後溜餘三尺五寸，前南溜餘三尺。棟去地九尺六寸，二邊桁去地七尺二寸。東南開户，高六尺五寸，廣二尺四寸。用材爲户扇，務令茂密，無使有隙。南面開牖，名曰通光，長一尺七寸，高一尺五寸。在室中坐，令平眉。中有板床，高一尺二寸，長九尺六寸，廣六尺五寸，薦席隨時寒暑，又隨月建周旋轉首。壁墻泥令一尺厚，好摩治之。入室，春秋四時皆有法。注云：「道機作静室法與此異。」

《夢溪筆談》：營舍之法，謂之《木經》，或云喻皓所撰。凡屋有三分去聲，自梁以上爲上分，地以上爲中分，階爲下分。凡梁長幾何，則配極幾何以爲榱等，如梁長八尺，配極三尺五寸，則廳堂法也，此謂之「上分」。楹若干尺，則配堂基若干尺以爲榱等，若楹一丈一尺，則階級四尺五寸之類，以至承栱、榱桷，皆有定法，謂之「中分」。階級有峻、平、慢三等，宫中則以御輦爲法，凡自下而登，前竿垂盡臂、後竿展盡臂爲峻道，荷輦十二人，前二人曰前竿，次二人曰前絛，又次曰前脇；後二人曰後脇，又後曰後修，末後曰後竿。輦前啄長一人曰傳唱，後一人曰報賽。前竿平肘、後竿平肩爲慢道，前竿垂手、後竿平肩爲平道，此之謂「下分」。其書三卷，近歲土木之工益爲嚴善，舊《木經》多不用，未有人重爲之，亦良工之一業也。

又東魯王氏《農書》載「法製長生屋」，附見於此書，云：嘗見往年腹裏諸郡，所居瓦屋，則用磚裏杣簷，草屋則用泥杇上下，既防延燒，且易救護。又有別置府藏，外護磚泥，謂之土庫，火不能入。竊以此推之，凡農家居屋，廚屋、蠶屋、倉屋、牛屋，皆宜以法製泥土爲用。先宜選用壯大材木，締構既成，椽上鋪板，板上傅泥，泥上用法製油灰泥塗飾。待日曝乾，堅如瓷石，可以代瓦。凡屋中内外材木露者，與夫門窗壁堵，通用法製灰泥杇墁之，務要匀厚固密，勿有罅隙，可免焚焮之患，名曰「法製長生屋」。製灰泥法：用磚屑爲末、白墡泥、桐油枯、如無桐油枯，以油代之。莩炭、石灰、糯米膠，以前五件，等分爲末，將糯米膠調和得所。地面爲磚，則用磚模脱出，趁濕于良平地面上，用泥墁成一片。半年，乾硬如石磚然。杇墁屋宇，則加紙筋和匀，用之不致拆裂。塗飾材木上，用帶筋石灰。如材木光處，則用小竹釘，簪麻鬚惹泥，不致脱落。凡梁棟豎立，每根頭鑿一竅，以滚桐油注之，逐水且牢。工部修太廟中梁棟皆然。

《感應經》云，李淳風按今酒初熟，甕上澄清時，恒隨日轉，在旦則清者在東畔，午時在南，日落在西，夜半在北，恒清者隨日所在。又春夏間，於地蔭下停春酒者，甕上蟻泛，皆逐風而移，雖居深密，非風所至，而感召動也。詢之酒家，或謂信然。

二十日。酷熱較甚。

久稽諸友報謁，僕僕竟午歸，得李君實《雅笑録》讀之，叙云：「笑文從竹從夭，夭者，少也，鮮也，迺若初萌散雨，乍籜含風，裊娜團欒，妍姿溢出，蓋態色之并奇，而懽悰之極肖也。」又云：「達者坐空萬象，恣玩太虚，深不隱機，淺不觸的，猶夫竹林森峙，外直中通，清風忽來，枝葉披亞，有無窮之笑焉，豈復有禁哉？」中列款目，嘲排調誚之類曰「諧狎」，摘語寄弄之類曰「詞弄」，譏排應敵之類曰「捷抵」，紕隟資嗢之類曰「發誤」，夸誕矜詡之類曰「詠謾」，微詞蓄詭之類曰「隱譎」，尤悔瑕摘之類曰「品訴」，偏嗜僻溺之類曰「惑哂」，肥瘦盲瞶之類曰「形姍」，伶優滑稽之類曰「優噱」，燕暱嬌妬之類曰「閨覆」，俚俗謠謔之類曰「市諢」，皆楚楚韻致。第就中援引，都不條理所出，則遺文徵事間有未便者。松江王憲副《稗史》尤甚。

皛飯毳飯相戲，諸書云東坡、貢甫事，《雅笑》則言進士郭震、任介所爲。《啓顔録》：晉王彧之子絢，六歲授《論語》，至「郁郁乎文哉」，外祖何尚之戲曰，可改爲「耶耶乎文哉」，絢捧手對曰：「亦可道草翁之風必舅。」蓋翁即尚之舅，即尚之子名偃，故云。若《雅笑》曰，「可改郁郁乎文哉」，又曰「草上之風必舅」，訛三字便乖文理。信「緣」「緑」之錯，才學不免。

二十一日。晨暠貢酷，雖午凉稍薦，未至井融，而不免蟬喘欲枯矣。

玄江家叔眼疾，以青魚膽遺之。范雲賓在坐，云：「青魚膽惟廣西者佳，其地撈取魚起，即將膽汁和附近土拌匀，仍納膽中，包以蔞葉囊，長而闊大者爲真，若囊小則係廣東出，不甚效。」姚叔祥云：「廣西山夾水上，多山豆子，落水青魚食。」此二説，《本草綱目》所不載。

階除茉莉發花至百餘朵，《晉書》「都人簪奈花」，即今茉莉花也。此花蘇、嘉間比舍插帶，深秋乃止不開。汪機云：「其根以酒磨一寸服，則昏迷一日乃醒，二寸二日，三寸三日，凡跌損骨節脱臼接骨者，用此則不知痛也。」茉莉，稽含《草木狀》作「末利」，《洛陽名園記》作「抹厲」，佛經作「抹利」，《王龜齡集》作「没利」，《洪邁集》作「末麗」，《翻譯名義》云「末利」，此云「奈花」也。

幸痁疾既愈，愈之日，屠襟川從方士索一小符，粘桐子大藥一粒帖額際，其午乃止，豈瘧信有祟耶？閲《廣異記》一條，録之：

記云，秘省校書薛義痁疾幾死，叔母常氏夢神人，致敬求理義病，神人曰：「此久不治，便成勃瘧，則不可治矣。」因以二符兼呪授常氏，呪曰：「勃瘧勃瘧，四山之神，使我來縛。六丁使者，五道將軍，收汝精氣，攝汝神魂。速去速去，免逢此人。急急如律令。」但疾發朗誦之，及持符，其疾便愈。是時韋子少女年七歲，亦患痁疾，旁見一物，狀如黑犬而毻毛，神云：「此正病汝者，可急擒殺之，必愈。」常氏夢中殺犬，及覺，傳呪於義。義至心持之，疾遂愈。韋氏女子亦愈。

二十二日。亭午微雨。

投謁陳蓮塘，正苦焦灼，幸罕居之沛澤，暑差罷。先是，奴典沼者自言，幼時蓄一金魚，體瑩白，朱唇朱眼，兩軟腮俱紅，并其翅尾等七處邊際走綫如血，昔賢《組表》有「池沼縉紳，陂渠俊乂」之句，良當不媿。後乃爲徽人得去，因笑謂蓮塘，明妃落單于手，不覺減韻。

蓮塘故耽此僻，述其前二十年，一金魚體瑩白，唇、眼、兩腮色并不減前魚，但翅尾七處純紅，而邊際皆走綫如墨。葵賜黄公見之，以他奇物易去，選盤桓齋隙地，砌白石池蓄之。不踰半載，魚死。蓮塘云，金魚固不宜石池蓄也。蓮塘終身冷于苜蓿一官，賴以葵陽齒牙氣力，容之當事，後稍得濟，此魚蓋陳氏之祥徵也。

吕華高以一緘至，示所釋陳希夷《金鎖秘訣》云：

陳希夷答种放云，山峙之坤氣鍾于未，坐穴當坐未也。未爲坤之初六，一變成震，有脉絡之相關，而水之納于庚與亥者，以坤之初六，一變成震，亥、未乃震之屬，而庚又震之子。至於寅上去者，寅爲乾之九二，未爲坤之初六，寅未應律吕相生，况寅之與亥皆應震之六二，與坤六五相配，此乃循環變化之妙也。种没，子昂爲父卜葬，如希夷所指地，穴之高下，以意自裁。希夷至墓側，曰：「予欲扦此麓上，今葬此耶？」初令葬上者，欲見外之亥水也。亥是紫薇帝座，數世可出名將。蓋穴坤未納庚水而出寅，是得震之六二，庚寅之爻，且卦之爻，利建侯行師，而豫卦六五之爻，真疾恒不死。真疾，乘剛也。恒不死，中未亡也。故其世出名將矣。

萬曆庚寅，吕協祖幸得此書，玩味數四，至甲子初夏，恍然悟曰，先賢有云：「用卦不用卦，卦向穴中作。時師全用卦，用卦還是錯。若能審究之，便是真郭璞。」昔求之而不得其故。今玩希夷先生坤龍作未穴，合成雷地豫卦，夫坤爲地，未納于震爲雷，然不曰「地雷復」，而曰「雷地豫」，可見坤龍作内卦，未穴作外卦，是即卦向穴中作也。其曰「豫卦六五爻」者，以見寅亥之水，又見庚水，庚得寅合，成庚寅，皆應震之六二，與坤六五相配，故作豫卦五六爻動。及悟其用爻合水之妙處，則取震之六庚寅與坤之六五癸亥爲用。又據豫卦看來，則庚寅、癸亥俱不出現，而竟以豫卦六五爻辭作用，此正循環變化之妙。總之，來龍作内卦，坐穴作外卦，水口作動爻，是以真疾恒不死之人而利建侯行師，所以世出名將也。因此將二十四山水法龍穴會通六十四卦，有《天機秘要》《通天徹地編》《統宗會元》《堪輿心印》《傳心家寶》數册云。

二十三日。晴。暍毒連日，今夏所未有也。

蕙隕花，復笋挺出，喜次第吐馥，不至令商飆敗韻。

謁黃貞甫比部河干不遇，驛館遲之遇黃孝廉履素。我心癉暑，思得王仲都飛雪散解其惔焚，孝廉單夾衣，口不言熱，而身無汗出，正如仲都服散時，良可異也。

邸報，史晉者，故辛亥被察兵垣宋一韓書辦也，已任大同鎮撫，被革逐，潛匿都門，上言直發權奸結黨亂政陰謀窺伺叵測一疏，反覆萬言，大要爲一韓訟冤。因指是年察典皆冢宰孫丕揚署院中丞許弘綱陰爲李成梁驅除南北諸臣，更進徐應乾，證成梁棄地圖及孟國柱行刺一韓。揭狀中所最稱許者，李三才、趙焕、李汝華三人，而于周曰庠、朱一桂、孫善繼、侯慶遠輩，并云高品。餘典察諸人，則靡不射及。至其寓言引證，如丈人、巷人、間叟、神仙、雞鳴狗盜等語，尤悖慢不經。憶嘉靖時，兵書李鉞奏罰官旗鄭彪疏，有「猿攀狐媚」字，上怒，奪鉞及侍郎王時中、張璁俸各一月，司官三月，嗟何嚴也。而今簪筆諸臣輕作之俑，無知輩尤效之，其濫觴蓋在戊申、己酉間哉？

是夕，兒奕顯室中空際有聲漸起，墮所藏茅山靈符，駭爲異。不知妖祥之興，本陰陽五行氣感尅使然，故凡二氣相搏爲聲，此必沴氣蓄在一隅耳。謂宜遍撤室中屈壁狹隘之處，俾其開豁虛明，發瀉滯氣，然後復新其壁。宅凶者以此傳之，皆驗。語具李畋《該聞録》。

丙夜連綿雨。

二十四日。

受蘭供小頃，蚤赴舟中。蘭即前所云蕙也，以其氣敵蘭，故字之。

舟次，陳宮諭如岡、黄孝廉履素、家昆孝廉于王，共觴黄貞甫。貞甫以赴李伯遠喪未至，其使者出《三洞紀游》觀之。金華洞天者，昔稱第三十六洞天之勝也。三洞，一爲梁劉孝標棲隱聚生徒講誦處，名講堂洞。一爲雙龍洞，洞有大石蜿蜒而上，雙垂其口如龍蟠，故名「雙龍」，或曰進此而上即冰壺。一朝真洞，《紀》稱昔吴師道游三洞七日，而雨連作，不能上朝真。蘇紫溪先生嘗入雙龍，望見冰壺中洞穴，僅尺許，乃云「君子不竇」，却立不進，烟霞氣中襍頭巾如此。貞甫曰：「近范希陽、方岳特爲立石述其語，豈山水緣必屬之幽人韻士，而與世法、與道學先生元不相入者耶？」《紀》又言，越鹿田之五里爲赤松宫，是黄初平兄弟叱石爲羊處，是山即名赤松山，傳記漢留侯所從赤松子、安期、羨門往來其間，初平得仙，亦仍號赤松，事甚幻。又言，金華自黄帝鼎湖飛丹于山爲華，金、婺二星攫而得之，今居婺城人時時見山頭飛黄金色。又十餘里則智者寺也，蓋齊梁間靈燦法師道場，師與沈休文投契，道行高，爲梁武受戒。殿有陸放翁碑，碑陰又載翁與師往還尺牘，筆法蒼勁逸宕，不減晋人。山多神仙丹秘，而師獨以禪宗表化攝受群真，非偶然也，近從郡經廳墻壁間爲劉少府搜而出之。郡中有沈休文八咏樓，今名玄暢樓，在寶婺觀。志傳隱侯爲東陽守時，往往從井中出入，倏忽遍它邑，驚以爲仙，此故齊東語耳。蘭溪亦有三洞，一云湧雪，一云紫霞，一云白雲。《記》所收婺州江山之勝幾盡。陶周望宫諭言：「游之爲道，仁者暇，智者暘，勇者決。」貞甫自云：「今決矣！」然亦其暇且暘，故決者能不虚也。

共秦舜友山人詢禪師賡和詩七十餘章，愧余未得游目，聊撮其概，用當新賞，覺涼飆謖謖起手腕間。三君詩皆平平，此不盡述。

與陳宫諭論及純懿皇貴妃喪禮之殺。舊年九月，禮卿上喪禮儀注，上命發引，皇太子步送玄武門外，路祭回宫。禮卿援世宗朝《欽定康妃薨逝儀注》，裕邸送至京城外故事。上請留中不報。先是，皇貴妃薨，上命照世廟皇貴妃沈氏例。顧我朝以妃而誕育東宫，不幸薨逝者，惟孝宗敬皇帝母、憲廟淑妃紀氏，穆宗莊皇帝母、世廟康妃杜氏，與今純懿皇妃而三。然淑妃、康妃薨逝，皆在未封皇貴妃、未經册立東宫時，蓋孝穆紀后薨，孝宗纔六齡耳，《喪儀實録》雖不詳載，然當日大學士商輅等疏云「一應禮節，須宜從厚」，上爲輟朝三日，服淺色衣，御奉天門視事，自初喪至發引下葬，儀俱從厚。孝恪杜后之薨，禮臣儀注輟朝五日，裕王斬衰三年，送葬出城。上難五日與斬衰二事，部更議輟朝止二日，不鳴鐘鼓，服淺淡衣視事，奉天如昔。裕王哭臨二十七日，仍于燕居盡斬衰三年之制。發引日，仍步送至京城門外，路祭還宫。今皇太子正位東朝十二年，非孝宗繦緥時與裕王在藩邸可比。純懿皇貴妃晉封又九年，與淑妃及康妃崇卑之體迥復不同。乃殺德勝門步送之成例，而止于玄武門，何也？聞送殯時，皇太子之哭甚哀，而儀從濫惡，不比于江南中户，且大臣禮、兵兩部臺省而外，争乘轎及肩輿先往，并無步送者。噫，不臣甚矣！禮當斬衰三年，即壓于君父之尊，有不必避。洪武七年，貴妃孫氏薨，無子，太祖命吴王橚服慈母服，斬衰三年，皇太子、諸王皆服朞，是年《孝慈録》成，遂爲定制。因憶曩加鄭氏爲皇貴妃時，諸臣執稱母以子貴，則恭妃王氏應晉皇貴妃，而上靳不與也。辛丑，皇太子既立，禮臣及諸臣并無爲恭妃請加封者。越癸卯，上特降中旨，晉皇貴妃云。

嘗聞焦漪園座師云，東朝在講筵時，漪園一日舉《洪範》「九疇」問云：「殿下以何者爲第一？」答曰：「如先生言，建用皇極第一。」又問：「九五福，殿下以何者爲第一？」答曰：「如先生言，攸好德第一。」漪園因進言：「允如睿思。皇建極中本有『曰予攸好德』之文，蓋惟皇之極攸好德，其鍵籥也。」

貞甫論時藝，曰：「文章第一要有娘，纔不浪蕩。」余笑曰：「此即近日中朝所謂綫索，所謂脉。公今諱作娘耶？」陳宮諭曰：「文如酒娘，酒有娘然後捉正其味，娘厚，則不論甘酸味皆厚，不然等水耳。顧容有不盡然者，諺云『人情若好，喫水也甜』，水亦故有得處，若持儀狄酒向夏王嘗之，必作嗔色。文豈異是？」衆爲之頤解。

聞茅孝若夢椹之戚，爲之惻然。

小午興雨，祁祁風挾之，共拈秋韻，飲數巨觥，皆疲，幾成茅鴟之賦矣。二鼓罷歸。

二十五日。處暑。晴。

屠襟川遺茶樹一本。俗云凡種茶樹必下子，移植則不復生，故聘婦以茶爲禮。試之不然。曩歲曾兩移植，皆活。茶之別者，《本草》有枳殼芽、枸杞芽、枇杷芽，皆治風疾。又有皂莢芽、槐芽、柳芽，惟椿、柿芽尤善，茅蘆、竹箬之類不可入。

外父陸澹園招飲，時已昏黑，見庭除中如皎月，駭之，詢知其光爲一杜鵑枯本所吐。此樹陸氏種之已三十餘年，傍發枝甚茂，因老本枯死，截去其大半，所留近土數寸，不意熌爍如是，因題之曰「月鵑」。尚當求其故于洽聞者。

二十六日。晴。

酣酌丙夜者再，體復大困。僧己埏前以姚叔祥東介紹至，方作數日惡，未與延款。復至，復不及接，有後言，書韓偓二語遲之，「斷年不出僧嫌僻，逐日無機鶴伴閒」，再來持以相示，當豁然也。

昔呂蒙曚語通《周易》，然便足驚魯肅，云「非復吴下阿蒙」。余卧病尤喜讐書，醫者謂傷耗心血，豈并無曚後慧者耶？乃稍涉略就近《養生主》者謄之，即此亦《逍遥游》矣。庾肩吾常。下闕。

濬報，稱忠順夫人于四十年六月二十六日病故。忠順夫人者，即虜酋婦三娘子也。三娘子生庚戌，係俺答長女大啞不害所出，于俺答蓋外甥女。幼穎異，善書番文，通達諸務。俺答長兒麥力艮吉囊兒都司者，聘以爲妻，俺答以其貌美，攘而寵之，事無巨細，咸取决焉。生三子，長曰不他失禮，即一克黄台吉，封龍虎將軍者；次沙赤星台吉，封明威將軍，啞不能言；又次倚兒將遜，「遜一」作「遊」。封武略將軍，絶嗣早故。顧其尊中國、尚瞿曇，則天性使然。紅門互市時，岢嵐兵備蔡可賢者，單與絳袍，馳虜帳中，頗與虜相狎。三娘子貽公酒，公亦貽之金幣交好之，顧謂將吏曰：「此陳平所藉以解白登者矣。」因爲《塞下曲》十首，其一有「寵冠穹廬第一流，自矜嬌小不知愁。誰知黑水陰山外，別有胡姬嘆白頭」之句。穆文熙和一絶，云：「少小胡姬學漢妝，滿身貂錦壓明璫。金鞭嬌踏桃花馬，共逐單于入市場。」相與紀一時勝事，蓋實録也。蔡尋以是搆蜚語罷官。

萬曆五年，吴公兑總督宣大，三娘子執禮甚殷，至每絶倒懷中，盤旋舞膝下以示昵，或入公卧内，意所欣艷者輒挾持之去。故公最得其歡心，即虜酋而下視三娘子頗致中國錦綺奇麗，靡不人人氣奪，稽首黄屋者。俺答封十二年物故，時萬曆之九年冬也，代吴總督爲鄭公洛。以倫序相應，則繼俺答封必長子興克都隆哈黄台吉者，然黄酋與父不相能，久自别異，又諸部睥睨三娘子未屬，竊多不馴。未幾，黄台吉擬欲聚麀，各酋長襖兒都司等乃合詞遣使，保襲王封。蓋台吉生母係俺答大娘子，頗與俺答失歡，俺答亡之後，而大娘子猶存，所謂三娘者，豈其第三娶者耶？蔡公「嘆白頭」之句有以也。台吉臂偏短，善用兵，每其父互市，日市無不後期，躑躅邀索，縱部卒多掠居民，又劫史車二酋東往，驍勇冠諸酋。先配五蘭比妓，後蒸三娘子，三娘子尤感仰中華恩賚，其智足以羈制黄酋。當時議者有欲寵異三娘子統掌印務，握諸部權，如川貴天全六番故事，後不果。

台吉繼立，受胡僧紿，納比妓一百八口，比記珠百八顆之數，人邀中國花粉錢，歲可五百金强。顧念三娘子財力豪都，勢不可與睽絶，而三娘子覩其衰老，戀溺諸婦人，又未能頓與諧昵。洛從中間説，止聽留其中既舉嗣者，而餘悉遣配帳下酋，第令花粉錢給如故額。於是三娘子益喜結好台吉，一切貢市惟擘畫，老酋受成而已。其所統俺答遺部號東哨者，因與把漢那吉争板升家丁讐隙，搆兵不已。台吉稍厭苦之，移于長子扯力克一作「艮」。之西哨牧佳爵王者，三載旋殞喪焉。那吉業與三娘子勢漸不能下，那吉死，而扯力克納其遺妻大成比妓，復統其所遺部，且并有恰台吉之夷衆，自别爲西哨，與三娘子離決之象隱隱見端。

先是，扯力克元配滿官鎮比妓父没半禩，又謀合三娘子，三娘子與其子不他失禮執不從。扯力克羞憤，率衆赴河西，循虜俗自授爲乞慶哈。乞慶哈者，虜王子之稱也。已而東歸，于十四年冬，令所部夷叩關乞嗣封。因王印在三娘子所，虛聲欲奪之，三娘子亦堅握其王印兵符，遣使叩關，陳説其所以不從者，欲自立貢市。洛反覆導諭，三娘子乃稍首肯，群夷邀番僧答賴喇麻，力慫恿以三娘子耦扯力克，更將扯力克所納大成比妓歸之不他失禮。自此東西哨之争始息。

翼歲，復遣夷使合詞請于邊，于是上乃准扯力克順義王，封襲其子晁一作「朝」。侈兔台吉龍虎將軍，特敕三娘子爲忠順夫人，三娘子子不他失禮亦加陞龍虎將軍。恩于夷媍，此異數也。扯力克嗣封之後，假送佛爲由，蹂躪甘州，三娘子與不他失禮阻勸尤力。方駐西安牧，不他失禮夫婦并未敢東窺莽捝，而大成比妓之在海徼，歸巢獨先。于時扯力克沉湎昏眊，播弄惟人，所酬應番漢問，纖悉憑籍三娘子如黄台吉時。凡致書中國，必扯力克與忠順夫人三娘子連稱之，其所繇寵異，則國家貢市之久與有賴焉。

二十年夏，賊哱承恩變起，諸部夷爲賊所誘，將入内地，陰斷我餉。道制府魏公學曾力主撫賞，虜佯許之，獨三娘子遣其酋目來不兒密告曰：「諸部内犯決矣。軍門撫賞，用備征行牛酒可也，徒費無益。」制府不聽，卒行撫賞。不三日，而火真卜失兔等八部蹂我内地，調兵撲剿，烽炮夜十餘至。又明日，初更時聞固原城中號哭沸天，開府沈公思孝問之，則知固原標營兵敗没也。又三日，而會題報捷疏至，思孝署其下曰「不與」，因有「一時秦將多男子，媿殺阏氏不負恩」之句，用紀其事。是時籍三娘子説行，即何至爪士腦塗地，而欺妄蒙禍、忠爽淪於泯泯者耶？

三十四年四月，扯力克病故，子晁兔台吉者寢無聞，三娘子爲五路台吉所雄制，勢漸孤。晁兔長子設剌圪炭，即所謂卜失一作「石」。兔黄台吉者，其年五月寄猳三娘子，于倫序蓋王母行。卜失兔尤桀驁叵測，屢肆要挾，不復籍中國封以重。三娘子屢勸之，勿納也。其智短耶，抑其寵衰耶？然國家四十二年中猶庶幾枕戈無恙，寧非忠順始卒不渝貳之驗也。

忠順物故，宰制無人，虜滋蠢蠢動，今而後國家始虞款矣。上憫其死，與祭七壇，綵段十二表，裏布百疋，詔優郵之，此尤異數哉。

曩者，九塞文武臣莫不圖三娘子形似以傳，蓋其像一中才媜人耳，曲眉秀目，面有一黑子，耳墜大，環頭戴席帽如虜王，上青錦半臂，下絳裙，第襪而不鞋，腰懸一刀，手挂白數珠，坐籍地。余嘗嘆曰，漢明妃無罪，輕賤落單于帳，月明青塚，黄昏軫結，其意念爲忠順再生，歷虜幾數載，傳不忘報漢以死，噫，其倦矣。明妃一嫁單于，再嫁其子雕陶莫皋，又何揆一也？或云，俺答迄今多持《大明律》繩其下，類疑降人所唆，不知三娘子實陰導之。余曰，是故不失其爲尊中國，所謂軫結，其意念不忘報漢以死者矣。

二十九日。午後雨。

病滯，簣、筦、澹園外父至相慰問，談陸武惠公初年事。公諱炳，唐宰相宣公之裔也。成化間有諱塀者，選充錦衣衛小旗，獻皇帝之國，復充興府儀衛司總旗。傳子松，得事肅皇帝藩邸，獻皇帝選藩邸臣之子弟尤慧者侍上講讀，炳亦在選中。上入嗣大統，松以扈從功，官至錦衣都督僉事，卒。上念舊勞，命襲其官。嘉靖戊戌，上謁諸陵，命管衛事扈從以行。己亥，上幸承天，選扈蹕錦衣官十人，炳位次九人下。

駕至，衛輝行宮火，時殿寢皆編席爲之，燎起，倉卒不知上所在，炳冒火排入，連呼上何所，上方備不測，匿門屏，已乃習炳音聲，出應炳，炳負上出烈焰中，兩頤頰皆灼。上心德之，解所佩金梛繡刀以賜，由是驟貴。炳不忘宣公故土，始謀於宣公之祖姑法興所捨寶花寺遺址，起大第，屬長子居之。初無乳娘廟之説，不知郡人何自因有此訛，修邑志者謬述其事，尤所當止。

北鎮撫司理刑官缺。此係詔獄，權最重。金壇著姓挾萬金謀之，然人地才望，議皆屬武惠孫逵，疏推凡數十上，俱報罷。逵赤貧，亦安心聽之。上微憐其概，至是命乃下，北鎮撫司係主上詔獄，與衛中握篆者體不甚相下，若以千户任之稍執，屬禮指揮則遂頡頏矣。舊制，北司提牢百户二人，惟五所挨序撥往，其視典詔獄者，體比堂屬，然無所功罪，掇名而已。故世官子弟羞爲之，充是任者，藍縷不可比數。周嘉慶已列堂銜，仍典詔獄，念祖宗朝未有此異數也，條擬上便益事，曰：「詔獄多欽犯，上所注意，革五所挨撥虛文，擇賢能百户二人專攝提牢，滿三載，一視緝捕有功事例陞級。」于是世官子弟胥欣慕其言。顧此亦真良法，議未上而妖書事起，嘉慶罷去。

呼桓日記卷之四

八月朔。晴。

痎作益甚。

高元雅還《餘清齋法帖》，云此帖全無古韻，都爲楊不棄竄入己意，内惟孫虔禮《千字文》差堪把玩。

梁簡文帝云：婦人八月旦以錦翠珠玉爲眼明囊，凌晨取露拭目。盧公範《饋餉儀》：八月旦，取承露盤赤松子柏上露爲囊，以膏面皮。古人用點炙杖，以梨枝爲之，反銀盞中者，朱砂銀枝子也。《風俗通》云：是日是六神日，以露調朱砂蘸小指點炙，去百病。

二日。晴。

病小間。

三日。

復苦痎。

日火流天，滯暑散越，層軒倍添煩酷。

先是一之日，移札到白下問家季父入棘平安。連作數紙，覺大少氣，是午方呼桓中，復爲友人作報二章，委僗煩頓。陸甥嗣哲至，駭余質過羸。晋摯虞有言：「饋食纖纖而日尠，體貌廉廉而轉損。校朝夕其未殊，驗朔望而減本。」蓋余今日實録。

黄昏雨。

四日。

病亦間。

清商薦霂于蛩砌，叢蘭溢馥于蟲幬，意小佳悦。盧翼日再發痁，多方爲剪除計，覓一方録之：黄芩九分；陳皮、芍藥、人參各八分；白术、紫胡各一錢；甘草四分；厚朴三分；何首烏五錢；加生薑三片、水二鐘、醇酒一小鐘，煎服愈。

《西京雜記》：戚夫人在宫内，八月四日，出雕房北户，竹下圍棋，勝者終年有福，負者終年多病，取絲縷，就北辰星求長命乃免。

澹園外父持視祖母緑一小顆，素不辨此，然意其質呆而光太露，并余舊所藏豆許一顆携以問識者，曰一爲洒波泥，一爲邪石，皆賤物。

午末晴。

五日。晴。

張説《上大衍曆序》云：「謹以開元十六年八月端午，赤光照室之夜，皇雄成紀之辰獻之。」宋璟亦云：「月惟仲秋，日在端午。」是凡月之五日，皆可稱端午。

日宿值角，古語「五角六張」。開元中有獻俳語於明皇云：「既是千年一遇，且莫五角六張。」馬永卿《懶真子》云：「謂五日遇角宿，六日遇張宿，作事多不成。」然一年之中不過三四日，今歲曆日，正月十五日遇角，五月六日遇張，十二月二十五日遇角。

六日。晴。

沈商丞過訊云：數日鎸碑石郡庠中，朝夕作勞。余曰：鍾繇、李邕自書自刻，作千古佳話，即勞不必不韻。蓋沈兼士雙鈎廓填，郡庠碑即出其手鈎。與之論雙鈎法，雙鈎須墨暈不出字外，或廓填其内，或朱其背，必肥瘦恰肖本形。然寧貴瘦，及登之金石，工刻之又刮治之，瘦者便爲肥矣。大約筆得墨則瘦，得朱則肥，故書丹尤瘦爲上，圓熟美潤常有餘，燥勁老古常不足，皆朱使然。

又臨、摹自是二種。黄長睿云：以紙在古帖旁觀形勢學之，若臨淵之臨，謂之臨；以薄紙覆古帖上，隨細大搨之，若摹畫之摹，謂之摹。臨書易失位置，而多得筆意，摹書易得位置，而多失其筆意。臨書經意易進，摹書不經意易忘，二者迥殊，不可不辨。又一種將厚紙覆帖上，就明牖向日隙景而摹之，名爲響搨。

李君實嘗云，此外更有硬黄一種，其法不傳。此皆隋唐時人主好文躭古，開院設官，備此諸法。余意竊所未安。硬黄本唐人用以摹書，與書經紙雖相近，而實不同，大都硬厚者即非經紙。古人僞作逸少書，取硬黄紙漬以靈脾水，久之色如茅屋漏汁，紙色盡變，以此爲真右軍書。董廣川云：王右軍作書惟用張永乂製紙，謂緊光澤麗，便於行筆。今人不考其實，得硬黄紙便謂古人遺墨，曾不若畫像先論縑素而後定世之遠近，常得大略也。乃知硬黄是一等紙類，不得云臨摹别種。

又，古云雙鈎時須倒置之，則無容私意其間。使下本明，上紙薄，倒鈎何害？若下本晦，上紙厚，却須能書者發其筆意。鋒芒圭角，字之精神，大抵雙鈎多失，朱其背時，尤須致意。

沈商丞云：近日朱肖海實作古人僞書畫，無不奪真，并不用摹臨雙鈎法，但懸而熟視之，則手腕中位置丰神皆得。或云其所傳别有秘法，靳不示人。

七日。晴。

其日瘧熱初止。

蘭齋弟持過敕贊翰林學士項汝弼像，因拜觀之。贊云：「卿之德，崑岡良璧。卿之貌，泰山巖石。卿之學，瀚海洪流。卿之容，和風麗日。惟卿之有，而朕師之。惟朕之師，覩像恐悲。惟卿之像，千載是遺。紹定元年八月十三日。」上有「紹定之寶」玉璽。筆法挺縱，學山谷老人書。紹定係宋理宗年號，據贊知汝弼公其師也。世公面不大，皙白微髭，目比點漆，耳覆肩然，體差肥，幞頭、緋衣、象簡，凝重可象。世代相傳云，宋行臺御史項公廳譜三十三世祖諱相者，舉孝廉，歷官學士，即汝弼公其人也，是始爲嘉興派。兄諱棣，爲紹興派，弟諱松，官禮部尚書，爲山陰派。譜又云，祖拙菴，在翰林有志修譜，遺手澤命子潮走嘉禾，告於默菴。意默菴爲相，拙菴爲松耳。《宋史》二公皆無名。

《宋史》有項安世，字平父，淳熙進士，上書敢直言，後直龍圖閣，卒詔褒直節名儒，贈集英殿修撰。所著有《易玩辭》。其先括蒼人，後家江陵。

《忠義傳》有項德，宣和間居選鋒之先，俘馘不可計，賊目爲項鷂手，聞其鉦，相率遁去。謀復永康諸縣，後戰死黄姑嶺下，邑人哭震山谷，圖像祭之。係婺州武義人。

《列女傳》：項氏適同里孫，宣和七年爲里胥所逮，中途欲侵凌之，引刀自刺死，詔贈孺人，表其廬。係吉州吉水人。吾項先止洛陽派，不知此固其散處者否。

又一軸爲先襄毅巡撫襄陽時自題小像，因并記之：「心無機巧，柔不附也。行無矯飾，剛不污也。德英稱表，人見忤也。才本虚冒，自知負也。胡位清要，仰承聖明之顧也。何名總督，無乃兵戎之副也。嗟夫，久顧而叨戎副，得無貪寵故歟。久負而來人忤，可忘榮辱互歟。年歷五十，有此二過，奚以永綏末路也歟。將柔茹機巧以附歟，抑剛吐矯飾以污歟。若然者，非直免愆招譽也，又得位崇寵固也。是殆與世浮沉，彼自目曰絶倫，予寧爲有瑕玉，不作無瑕珉。《詩》云『既明且哲，以保其身。夙夜匪懈，以事一人』，《語》云『不義而富且貴，于我如浮雲』，予雖不敏于斯時也，敢不服膺而書紳。成化八年八月朔旦，寓襄陽書。」

黄昏雨聲，如崩崖可畏，威荷嚴蕙，起披離之嘆，腐螢撲罘罳。《夏小正》曰：八月丹鳥羞白鳥，白鳥謂蚊蚋。然不知果否。

八日。微雨，漸開霽。

韓求仲相期會于叔祥齋中，病不果往。

王伯玉至榻前，因問以京師老人王玉峰修煉事，云所見丰度如五十以內，然耆年者類能稱説之，云嘉靖中爲太醫院官，以事爲人所訟，因罷去，匿迹數年，隆慶時復備員鴻臚，今童顔鬒髮，傲游公卿間，不輕授人術。舍中擁婦女三十餘人，猶鮮衣麗食，不苦桂玉之需，蓋内外事兼得者。

又云，舊年辛亥春，李皇太后病眼甚劇，從外呼一藥婆入宫醫治，至宫中食頃，産下一男，此一怪徵也。上怒甚，然壓于母后宫，莫可誰何，第懲創内豎數人而止。

夜半雨。

九日。雨。

秋闈初試之期，浙典試二人，命尚未下。往事三歲一大比，除二京外即本省御史主之。乙酉著令甲，各欽遣京官二人。是月正聖壽五十之期，又御曆四十載，内庭擬復預借十載，稱百歲。大宗伯推廣其意，增解額，浙江、江西、福建、湖廣、廣東、四川、河南、山東、山西各五名，廣西三名，雲、貴各二名，應天共十名，監生三名，生員七名，順天共十名，監生四名，生員六名，皆以壽考作人爲言。而典浙試何如寵忽以病請吉祥善事中，上意稍嫌諱之，于是凡及棘闈一切寢閣試臣，未拜命者留都，及浙江、江西、湖廣、陜西、河南、山東、山西七省外，六省則已先期奉俞旨云。又一説，因與催點考選疏齊上，故并遲之。

《東國史略》：慶尚按廉使朱印遠，惡聞鳴鵲聲，令人嚇以弓矢。一聞其聲，即徵銀瓶，民甚苦之。因憶往年浙副使陳經濟者，拘而多忌，惡聞鴉鳴，左右必直數人驅鴉。鴉忽鳴，多箠責人以厭之，百姓因呼「老鴉陳」。蒞湖州日，所屬縣中有德清、孝豐，或公事兩令齊謁。故事，呼門者報云「德孝知縣」。陳諱孝，字易稱，清、豐凡往來投刺，見一制字，必從腿腕下連轉三轉，乃棄去。因卒簿對，若稱之曰「千歲」，則轉身答云：「此不敢當，此不敢當。」癡暗如此。

朱印遠徵銀瓶事。銀瓶，高麗所用，比中國銀錢。高麗明孝王三年，始用銀瓶爲貨，其制以銀一斤爲之，像本國地形，俗號闊口。忠肅王十五年，資贍司奏定銀瓶價，上品瓶折價布十疋，貼瓶折布八九疋，違者科罪。又恭愍王元年，諫官請廢銀瓶，用銀錢，蓋銀瓶重一斤，值布百餘疋，價重買寡故也。其議略曰：「銀一兩直布八疋，宜令鑄爲錢，隨其兩數以准帛縠多寡，比之銀瓶鑄造易而用力小，比之銅錢輪轉易而取利多。」銀瓶爲錢貨頗異，并記之。

十日。微雨，已而陰晴俱乍。

腹受寒，服川椒百許顆。陸心泉極言椒害，云：「曾于蔬菜中誤吞椒半粒，噎喉際，聲氣不能出，幾死。賴傍有井水，嚥數口乃解。」又一病疝者，服椒數日，腎莖中痛不容忍。一日痛且劇，從小便注射一物，結如雞卵大，色微白，凡十餘次乃解，此椒毒也。凡椒之半粒者，粘貼腸上，雖久不化，其毒漸積爲癰，今患腸癰者多因此致。

邸報，禮部覆琉球國王歸國修貢疏。歲庚戌，琉球被日本偏師擣其國中，國王弱不能支，啣璧就縛，遂爲倭所挾去，辛亥乃歸。今遣使者栢壽、陳華等貢方物，因報歸國之期。故事，琉球貢物惟硫黄、馬匹、夏布，每貢夷使數人，越二年一貢。會典開載，凡不遇貢年，稱補貢者，即便阻回。今歲既不值應貢之期，壽、華等亦素非齎貢之使，中多雜以倭物，殊非令甲所宜。遣至夷使前後一百六十餘名，其中又有蓄髮倭奴數人，或係倭向導，未可知。部議夷使不必入都，貢物出自本國者准令收解，若屬倭産，仍悉携歸。更宣諭：彼國新經殘破，當厚自繕聚，數年之後，物力充斥，貢未晚也。此舉庶不墮狡夷術中，亦足彰中朝不貴異物之意。

十一日。晴。

邸報，大司農度支告匱。九塞𧎚輓，日愈充斥，于是操切天下有司，令鋭意催科，條新例：欠一分者，州縣印官住俸督催；至二分三分者，降俸二級；四分五分者，降職二級，俱戴罪督催，以上遞加。直隸巡按徐鑒請申明遞加之説：「曰以上，則自六分以上至八分以上，俱在其中矣。曰遞加，至革職爲民止矣。然六分以上當與四分以上别，八分以上又當與六分以上别。如欠至六分以上，概加以革職爲民，則太重，于情似屬難堪。如欠至八分以上，罪止降職二級，則稍輕，于法又屬無别。若不詳爲分剖，豈便遵行？」疏入不報。

户部署印侍郎李汝華奏請漕運總兵易世爵爲流官。先是，永樂初年，運務煩劇，令勳臣官總兵以統之，復佐以參將。景泰初年，始設都御史，總督一切漕規，于是革參將員，其總兵如故。頃光禄寺臣徐必達、巡漕臺臣孫居相皆謂漕無所賴，總兵而剥削軍士脂膏，害且甚，莫若革之便。部議，祖宗建立初制，鱗集萬艘，賴以約束官軍，防衛不測，難議頓裁。第世勳體統，撫按不便彈壓，萬一驕縱，全漕爲厲。無如大司馬選擇賢能武臣充總兵，仍聽總漕刺舉，受其節制。噫，此庶幾酌中之論也。因念祖宗朝恒于寬緩不急處，迹若無用者，而深致意。如漕運總兵之必侯伯，及易炭廠督理之必尚書、侍郎，一則舳艫千里，易啓不虞，一則逼迫紫荊，長驅直入，皆以威望潛消，默奪其間。後之人寢失此意，形責影，聲責響，使天下幾無餘地，可惋也。

王宇泰曰：姑蘇一寺僧賣稀痘藥，神驗，甚秘之。王荆石重利，得其方於徒，乃玄參、菟絲子二味等分，蜜調服也。欲廣其澤，見人即説，後罕驗，人莫喻其理。宇泰曰：衆生業力大，製方者之心力幾何，不能轉之故也。史稱陸敬輿在忠州避謗，不著書，抄撮集驗方五十卷。余不敢作衆生業力觀，所覩記書之。

《太平廣記》：火燒瘡，以醋泥傅之，甚驗。遭惡蛇虺所螫，帖艾炷，當上炙之，立差，不然即死。被蠶齧者，以甲蟲末傅之。被馬咬者，燒鞭鞘灰塗之。筋斷須續者，取旋覆根取絞汁，以筋相對，以汁塗而封之，即相續如故。故蜀兒奴逃走，多刻筋，以此續之。

《國史補》云：舊説聖善寺閣嘗貯醋十甕，恐爲蛟龍所伏，以致雷電。蛟龍畏醋，異聞也。相傳龍性麁猛，畏鐵，愛珠玉、空青，而嗜燒鷰肉，又畏楝葉、五色綫，惟鳳皇、獬豸喜食楝，又龍畏鳳，故老云鳳喜食龍腦，故龍畏之。華陰有鳳居山，一名龍骨，云唐開元中有鳳逐二龍至此，龍墮地化清泉二道，鳳憤而死。其一龍被鳳爪傷流血，泉色遂赤。鳳死時，山之僧以石函瘗其骨於山顛，壘磚爲塔覆之，因以名山。景泰癸酉，鄉民因築城，盡取塔磚，石函始露，上有刻字「景祐四年重修」。啓函，鳳脛骨長二尺，圍可六寸，股骨長一尺五寸，圍如脛骨，其潔如玉。

又《宣室志》：貞元十四年秋，有異鳥，其色青，狀類鳩鵲，翔于睢陽之郊，止叢木中有群鳥千數，俱率其類列于左右前後，又朝夕各啣蜚蟲稻粱以獻焉。是鳥每飛，則群鳥咸噪而導其前，或翼其傍，或擁其後，若傳呼警衛之狀，立則環而向焉，雖人臣待天子之禮無以加矣。睢陽人咸適野縱觀，以爲羽族之靈者。然其狀不類鸞鳳，由是益奇之。時李翺客於睢陽，翺曰「此真鳳鳥也」，於是作《知鳳》一章，備書其事。

又《金史》載：泰和二年八月丙申，磁州武安縣鼓山石聖臺，有大鳥十集於臺上，其羽五色爛然，文多赤黄，赭冠雞項，尾濶而修，狀若鯉魚尾而長，高可逾人。九子差小，侍傍，亦高四五尺。禽鳥萬數，形色各異，或飛或蹲，或步或立，皆成行列，首皆正向如朝拱然。初自東南來，勢如連雲，聲如殷雷，林木震動，牧者驚惶，即驅牛擊物以驚之，殊不爲動。俄有大鳥如鵰鶚者，怒來搏擊之，民益恐，奔告縣官，皆以爲鳳皇也，命工圖上之。留二日，西北去。按視其處，糞積數頃，其色各異。遺禽數千，累日不能去，所食皆巨鯉，大者丈餘，魚骨蔽地。章宗以其事告宗廟、詔中外。

十二日。白露。晴。

錦衣弟藺齋徵金吾事。按，金吾，棒也，以銅爲之，黄金塗兩足，謂之金吾，扈駕則執之以夾車，因以名官。若但稱金吾而不言執，則一棒而已。《漢書》顔師古注曰：金吾，鳥名，辟除不祥，天子出，職主先導，以禦非常，故執此鳥之象因以名官。自唐以來，執金吾但名金吾，其訛已久。

世宗時，大金吾陸炳於京師治第，軍人李偉親負土石。不二十年，炳敗，籍其居入官，而偉女媵入宫，封貴妃。今上即位，尊爲慈聖皇太后，以炳舊宅賜偉。偉後緣土木之役，約集工匠爲估價，有嫌不敷者，一匠曰：「此李爺所熟諳，何故争？」蓋陰誚其出身匠役也。

病餘苦脾泄。《稽神録》：江南司農少卿崔萬安嘗脾泄困甚，禱于后土祠，夢授一方，青木香、肉豆蔻等分，棗肉爲丸，米飲下二十丸。云此藥太熱，疾平則止。如其言服之，愈。

十三日。晴。

兵部遣指揮劉大學馳赴省，報稱主浙試官鄭以偉、李瑾於七月二十八日命始下，慮士心之激變，故遣慰云。其時同下命者，江西、湖廣、陝西、河南、山東、山西，而留都之奉命則又越一宿也。

澹園外父遺《陸氏譜略》。《譜》斷自唐秘書少監陸齊望始。考郡舊志，陸元朗字德明，以字行，嘉興人，唐高祖遷國子博士，封吴縣男。子敦信，麟德中繇左侍極檢校左相，封嘉興縣子，致仕，終大司成。敦信子齊望，官至秘書少監，年二十二階貂蟬。齊望子灞，吏部郎中。灞子佖，溧陽尉，卒，官民祠之。佖子贄。按《舊唐書》，德明貞觀初拜博士，子敦信龍朔中左侍極、同東西臺三品。齊望止見《譜》中，開元十八年登第，秘書監、潤國公，生八子：曰泌，奉議郎、左散騎常侍；曰澧，貞元二年登第，朝奉郎、主客郎中；曰澗，建中三年及第，左司員外郎；曰淮，建中四年登第，兵部郎中；曰灞，改名佀，吏部郎中、溧陽令；曰漄，户部郎中；曰渭，户部侍郎；曰澧，字深源，侍御史。迭居北省，時號「八貂」。贄即灞之子。《志》分灞、佀爲兩人，非也。贄之子簡禮，史稱登進士第，累辟使府。《譜》又稱簡禮之子宗阮，金吾將軍，宗衍，監察御史，其後子孫亦遞顯，詳列《譜》中，不具載。吾嘉以宣公乃始張大，稍爲梗概其家世如此。

沈堯中《新志》載，宣公族孫陸扆。考《舊唐書》，扆光啓二年登進士第，九月爲鹽鐵巡官，明年得校書郎，龍紀元年授藍田尉，直弘文館，遷左拾遺，兼集賢學士，改監察御史，大順二年召充翰林學士，改屯田員外郎，景福元年加祠部郎中，知制誥，二年拜中書舍人，乾寧初轉户部侍郎，二年改兵部，晉階銀青光禄大夫、嘉興男，三年宣授學士承旨，尋改左丞，七月改户部侍郎，同平章事，八月加中書侍郎、集賢殿大學士，判户部事，九月責授硤州刺史，四年復授工部尚書，八月轉兵部尚書，明年復拜中書侍郎、同平章事，光化三年兼户部尚書，晋封吴郡開國公，九月轉門下侍郎、監修國史，天復元年晋階特進兼兵部尚書，尋貶沂王傅，分司東都，削階至正議大夫，無何復授吏部尚書，階封如故。明年，責授璞州司户，被害於滑州。子璪，後爲緱氏令。《新唐書》所載殊不詳核，郡志因之。《舊書》又稱，扆曾祖澧，位終殿中侍御史，祖師德，淮南觀察支使，父鄯，陝州法曹參軍。據《譜》，扆曾祖爲灑，澧無嗣，祖師德，元和五年登第，中奉大夫、殿中侍御史，父墠。（整理者按：下闕至少三葉。）

底若凡銀，則但浮面上，不復有聲，惟以此爲别。

十四日。晴。

十五日。陰，午後甚雨。

戚念中廷禎遺《墨池清話》一帙，語皆論古今法書，大都祖述書史、書跋、《墨池編》，而復引《春雨齋續書評》與方遜志先生之語，第其字法秀媚，亦自不惡。中有一條云：「南唐《昇元帖》以匱紙摹榻，李廷珪墨拂之，爲絶品。匱紙者，打金泊紙也，其次即用澄心堂紙，蟬翅拂爲第二品也，濃墨本爲第三品也。《昇元帖》在《淳化》祖刻之上，隋《開皇帖》之下，然今皆不可復見矣。」按《昇元帖》乃南唐李後主命徐鉉摹入石者也，聞太倉王文肅家有五卷，海寧陳給事與郊有三卷，吴江王行人孝有二卷，都爲太倉複本，此真《淳化》祖刻。《戲鴻堂》末卷摹上石，然尚不全，其刻手殊復草草。《開皇蘭亭》則於武林高瑞南處曾看之，初不見佳。

陸仰峰奉差歸，張海玥亦之白下任，過榻前留連情話，其意皆敦余出山也。

玄度家叔白下信云：「董思白太史于潤州某家得惠崇卷、倪瓚畫，皆絶佳。其家更有一豆，係商周法物，紋縷翠古，不可云喻。」王伯玉云：「此山人陳永年物也。惠崇惟山水難得，此幅止平遠，不足奇。雲林一軸，世真無兩。豆聞其好，未之見。」因徵古豆事。按《周禮》：醢人掌四豆之實，有朝事之豆、饋食之豆、加豆、羞豆，凡祭祀、賓客、喪記，用以薦羞。疏云：豆與籩并設。《儀禮》云：堂上之饌八，西夾六。鄭玄注：八、六，豆數也，蓋因後「堂上八豆，西夾六豆」之文。又注：凡饌以豆爲本。賈公彦云：設饌者皆先設豆，乃設餘饌。《禮·郊特牲》云：鼎俎奇而籩豆偶，陰陽之義也。顧其等儀甚辨，惟多者貴。《禮器》云：天子之豆二十有六，諸公十有六，諸侯十有二，上大夫八，下大夫六。此偶數貴多之一驗。《鄉飲酒》之所以養老，六十者三豆，七十者四豆，八十者五豆，九十者六豆，每十年加一豆，是又不得謂之籩豆偶矣。年高者遞加至六，與下大夫同，則五十但二豆可知。《士昏禮》云：饌于房中，醯醬二豆，菹醢四豆。《公食大夫禮》云：賓升席坐，取韭菹以辨擩堧、蕤、汝三音，猶「染」也。于醢之上、豆之間，祭少牢。《饋食禮》云：尸取韭菹辯音遍，今文爲「徧」。擩如悅反。于三豆，祭于豆間。《郊特牲》云：籩豆之實，水土之品也，不敢用褻味而貴多品，其需于禮煩且重如此。漢儒言木曰豆，竹曰籩，瓦曰登，然古多以銅爲之。又《明堂位》云：夏后代以楬無飾也。豆，殷玉豆，周獻音「娑」，希疏之義。豆，然則豆不必木，漢儒之言妄臆度耳。考《禮圖》有所謂「豐」者，亦與豆不異。鄭玄謂「豐」似豆而卑者，是也。《博古圖》云：制字之法，禮必從豆，以禮之不廢，「豐」必從豆，以時之不可緩，戲必從豆，以交際之不可忘，蓋豆之時義大矣。《博古圖》有周劉公《鋪銘》，云劉公作「杜嬬尊鋪」，「鋪」無所經見，要之豆類。

十六日。陰，晴。

偶記過鎮江書四事，筆之。

靳文僖公貴鄉試第一，會試第二，廷試第三，鎸一篆曰「漸不如人」。

楊文襄公一清，其父本滇南人，因作宦襄南，流落不能歸，晚以一女配同官某氏，居鎮江。公後依姊，遂娶于江南某氏，自號「三南翁」。

武宗南巡至鎮江，幸大學士楊一清第，以十二絶句賜之。《神童出身》云：「文英天賜本神童，綿繡才華滿腹中。一紀之年先拔萃，當爲太宰建奇功。」《總制三邊》云：「三邊之地多才幹，施謀用智平邦患。發行軍令甚威嚴，曾鎮胡秋不敢犯。」《平定寧夏》云：「寘藩背逆違天命，自惹灾殃行不靖。赤膽忠心報帝王，平安一鎮蒼生幸。」《内閣學士》云：「有德有行超群志，忽然恩命門庭至。經天緯地掌絲綸，武英殿内大學士。」《致仕還鄉》云：「時光疾箭催人老，先後恩榮世間少。雖然宸第保餘年，每日心懸侍天表。」《保障城池》云：「宸濠反叛苦生靈，意急心忭豈暫停。財賦之地賴保障，護守江南第一城。」《出粟安民》云：「美意丹衷實可誇，愚頑逆竄鬧喧嘩。自賙米粟千千石，爲國安民忘却家。」《鑾輿幸第》云：「喜遇班師得勝回，昂昂威武世爲魁。幸逢龍虎風雲會，賢宰從今第宅輝。」《宴終徹案》云：「車駕親臨茂社堂，璽書高挂耀龍章。昇平宴罷明良會，盛事留傳萬載香。」《攔門勸酒》云：「攔門勸酒乞詩留，敬意慇勤捧巨甌。聊展胸襟光爾後，用垂千古永無休。」《出第進鐘》云：「歡飲醺醺出相門，勞卿再四勸金樽。南征已定旋師旅，去暴除殘第一人。」《上馬留題》云：「正德英名已播傳，南征北勦敢當先。平生威武安天下，永鎮江山萬萬年。」末題「大明正德龍集庚辰後二十八日，錦堂老人書於鎮江大學士楊一清私第」，御押。

河南省城估酒者多鎮江人，見上官衣青揖撒，如江南鹽商見府縣，頗禮貌之（之）。傳言楊文襄公以相臣出將，功成召還，道河南，諸鄉人俱郊迎之。楊進公所，官司概未接，先具酌延諸鄉人，且令衣青揖撒以進，一時郡邑爲之尊禮，乃沿至今。

叔祥以所著《杜少陵分體全集序》相示，余愛其文有血，曾手寫之，今已梓入，見只集，不具載。竊謂文章家一點血，絪緼于從無乍有處，所謂未始皮毛骨肉之先，而皮毛骨肉以之者也。如天之有日月，如人之有雙眼珠子，全賴此流衍神理。日月爲天之血，雙眼珠子爲人之血，《序》中「椎屑夜光」與「抑抑七月」等語，若少陵從編年裂體以來，一段黯黝纔始割出，蓋亦此文之血。

十七日。陰雨。

客示《荆石相公對玉環曲》十二首，中多可歌可涕者：

樂處酣歌，時光容易過。苦處奔波，早晚偏難度。世界號娑婆，苦樂平分破。佩玉鳴珂，生辰不似他。戴笠披蓑，安閒不羡他。《清江引》。別人騎馬我騎驢，更有徒行箇。日月疾如梭，天地旋如磨，也非故意相催促。

美竹幽花，便是清涼界。淡飯粗茶，且共消閒話。白日苦喧嘩，有約來良夜。網得魚蝦，壺傾問酒家。筆走龍蛇，詩成付會家。同前。世間禍福亂如麻，我也難禁架。休言鵲與鴉，任作牛和馬，只教方寸長瀟灑。

覆轍翻舟，那個曾回首。大劍長矛，那個曾丢手。無數世間愁，憑著人承受。拜將封侯，是英雄釣鈎。按簿持籌，是愚夫枷杻。同前。休題能向死前休，更算千年後。步步使機謀，也要天公湊，行年五十曾參透。
皁帽絲縧，一第猶難料。紫綬緋袍，一品猶嫌小。量盡海波濤，人心難忖着。翠養翎毛，爲誰頭上好。豕養脂膏，爲誰腸内飽。同前。千尋鳥道上雲霄，何必多經到。平地好逍遥，高處多顛倒，世人只是回頭少。
畫棟雕梁，推收紙半張。緑鬢紅妝，消涂淚幾行。此事本尋常，謾説多魔障。百草芬芳，須防秋降霜。萬木萎黄，須逢春再陽。同前。假如傀儡一登場，多少悲欣狀。傍人費忖量，兀自生惆悵，不知刊定傳奇上。
百甕黄虀，須了今生事。一縷紅絲，須是前生繫。人事有推移，總是天安置。智似靈龜，何常脱死期。巧似蜘蛛，何常不忍飢。同前。命通若在四更時，夜半猶憔悴。千年薦福碑，九日滕王記，勸君且等時辰至。
鐵鎖重關，財寶終須散。玉液金丹，遲速難違限。但放此心寬，萬事從天斷。不坐蒲團，西方掉臂還。不戴蓮冠，南華合眼看。同前。人間苦海黑漫漫，送盡聰明漢。飢來粥與饘，睡要床和簟，此外不須多繾綣。

麋鹿山邊，終日防弦箭。鸚鵡簷前，終歲愁猫犬。身在畏途間，頃刻憂機變。恩愛纏綿，多成仇恨緣。涕淚流漣，多因歡喜緣。同前。白駒過隙難留轉，何苦又加鞭。靈臺一寸間，簇起冰和炭，任教世事如電閃。

愁多病多，蚤已鬢毛皤。恩多寵多，轉入是非窩。洗耳聽漁歌，一一多嘲我。漫天網羅，身被浮名誤。三載沉疴，兒被阿爺誤。同前。只今五表向天呼，誓不上，長安路。黃粱夢已徂，破衲還須補，聊就人間小結果。

一粒芝蔴，救饑也是他。一片黃瓜，解渴也是他。其餘萬事賒，到底成虛話。纔見西家殺牛與宰馬，又見東家鑽龜與打瓦。同前。你們圖甚王和霸，直恁的閒搭挂。待看陌上花，零落不堪把，那時碌碌纔干罷。

南陌東疇，是兒孫馬牛。趙舞秦謳，是歡喜寃讐。萬事總悠悠，勞生何所求。手執牙籌，終日忙忙走。身上迷樓，終夜獃獃守。同前。可憐擔盡世間愁，空嗤破他人口。蘆花不繫舟，竹葉無憂酒，羲皇一夢君知否。

你要使乖，別人也不呆。你要錢財，前生須帶來。我命非我排，自有天公在。時該運該，人來還你債。時衰運衰，你被他人賣。同前。常言作福可消灾，怕薄福難擔戴。有酒且開懷，見怪何須怪，一任桑田變滄海！

示門人魏生輩雜解數條：

天下極弊極亂，則征誅事起，而其美名曰「順天應人」。子輿氏慮其漸，直揭曰「湯武反之」也。反叛之反與反正之反不同，始終不免反之一字。故湯之伐夏，務光沉淵，武之代商，伯夷、叔齊叩馬。于時「順天應人」之名爲之一奪，英雄氣亦爲之一沮，功莫大焉。光心于爲夏功，所以爲商，夷、齊心于爲商功，所以爲周。不如是，一激發，一提撕，則出爾反爾之勢幾何不陰促其國不靈長也。

建文諸忠之于文皇帝亦然矣。王文成定寧藩之功，建文諸忠之功也。孫、許師其迹，文成師其心。天下不可私也，故揖讓，揖讓始而征誅基之矣。何者？可以讓則可以争，非分之端開也。至于尹奉嗣王服，周复子明辟，此于争場中陰提揖讓一脉矯之，全綱常大義，媿臣子二心，其事與揖讓同，其心與務光、伯夷、叔齊同。

語曰「化臭腐爲新奇」，又曰「日異而月不同」。異者，不同者，新奇者，皆天之活處、流動處、生生處，故不獨生養閉藏遞運，即某某禎祥、某某妖孽，甚至從古所未見而今有之，皆天所爲不得不異、不得不同與新奇者也。眼孔小者，覩所始覩，曰「此異事」，「此變常」，天正不如是一定耳。言一定者，其聖人憂世之心乎？

《詩·閟宫》云：「太王居岐之陽，實始翦商。」《書·武成》云「太王肇基王迹」，「惟文考文王克成厥勳」，「惟九年大統未集，予小子其承厥志」。凡此，皆夫子删《詩》《書》而不盡去者，乃以至德歸文王，何耶？蓋天下三分有其二，則其二已非殷有，而猶然服事殷，文王以之也。文王可以不服事殷，終其身服事殷，所以太公望斂其鷹揚伎倆，安居養老者之列，此時即與伯夷何異，遇武王始敢露頭角耳。夷、齊之諫，不孝不忠兩責焉，全紂亦全文王也。

其夕始食黄雀。

十八日。陰，晴。

見促織鬭甚雄，其勝鼓翅而鳴，負則退不敢出聲，有羞澀狀。耳目近玩，靈異如下有闕。此。又昔人忠孝二奴矣。羅點云：一士大夫年老，納二寵，浼其友命名，友以忠奴孝奴名之，其人曰：「忠孝雖美名，以命婢則不稱。」友曰：「有出處。孝當竭力，忠則盡命。」

二十日。雨，晚霽。

得《隸釋》，見《逢童子》一碑。童子十二而夭，門人孫理等立此碑，其文云：「才亞后橐，當爲師楷。」甘羅曰：「項橐七歲，爲孔子師。」《董仲舒傳》：「孟康以達巷黨人爲項橐。」《趙廣漢傳》：「鉱筩之鉱音項。」碑以童子當爲師楷，故比之項橐。后、鉱偏相類，鉱有項音，故借后爲鉱，又借鉱爲項也。吾項《宋譜》云，其在春秋爲孔子師，橐之裔。《圖經》云：「橐，魯人，十歲而亡，時人尸而祝之，號小兒神。」曩爲《先大夫行狀》云：「橐十歲而亡，安得有子，彷佛起汾陽之誚。」蓋指此。

以緘從焦漪園座師借《獻徵録》，至是報言云：「其録只是集志、狀、表、傳之作，想此與先大夫所集《惇史》無異。」又云：「雷司空禮《列卿傳》其爲詳贍，纂國朝名公事迹，未有過之者也。」遺《易筌》六卷，題曰「焦竑學」，蓋壬子夏所成，賅核精簡，五十年心力萃是矣。

二十一日。陰，晴。

稱觴外母屠氏，繪方朔所遇鴻濛仙老事爲圖以祝，周遭丐名筆詞章凡十二家，中池爲年伯范長白夫人徐氏作歌，云：「海上神仙接太清，鴻濛浩淼波光明。金銀宫闕神仙窟，中有阿母餐瓊英。言採柔桑白海側，鶴髮花顏人未識。方朔東來汗漫遊，黄眉老叟前相值。笑指長庚是後身，前身嘉耦曾相親。碧桃千歲花如舊，樓上簫聲尚在秦。前身後身總歸一，反骨伐毛真緯密。曼倩原來是歲星，黄眉老母俱靈匹。乃知木公金母雖分理，元氣與之同太始。屠母當年萼緑華，大夫亦是秦簫史。阿母瓊姿顔正芳，峨峨寶髻青雲光。霞帔交纏雙孔雀，霓裳叠側兩鴛鴦。華堂設帨壽筵啓，玉潤郎君清似水。爲寫鴻濛仙眷圖，生綃一幅蓬瀛邇。避世曾游金馬門，歸來緑野多芳蓀。一觴稱向冰清室，當軒明月盈金尊。瑶海蟠桃片如斗，桑枝采得盈筐否。爲問華陽洞裏人，原向雙成作仙耦。」

徐氏能詩，工古文詞，書法學黄素《黄庭》，小弱，有极致者，有所書《内景經》及《十三行》鐫石行于世，詩文集皆未出。曩徐氏乏胤子，欲卜所宜子者，長白戲曰：「子不問卜。」徐曰：「殊無此説。丑不冠帶，汝亦冠帶乎？」以范貌寢故也。其美謔如此。

夜半雨甚。

二十二日。雨，徹晝夜風挾之，不停點。

邸報：王淑汴辨前僞揭，謂其伯父保定巡撫王定國係假子者，請追尋投揭及報房抄發之人。其父王圖亦具辨，云此欲計傾秦黨者。説者曰：已故總河侍郎曹時聘諸子僞爲之。陸仰峰云：時聘冢孫原係私繼，國偏護之，欲奪蔭官于此孫，且復魚肉時聘諸少子，至爲題請，部中知其偏枉，因不具覆，諸少子啣之故也。審爾，王氏當極力根究其原，奈何含糊以一疏塗上耳目？總之出于揣摩之説耳，第匿名蜚語，近輦轂中暗相傾射，甚而至于妖書，幾釀大獄，可不一嚴創之。

二十三日。連綿雨，風益怒號，稽浸數尺，疑數百里内有山發洪者。

《洞冥記》：八月風謂之裂葉風。據庭荷，信然。
二十四日。雨始輟，滯陰。
俗云：是日無雨水易退。淫霖之後正宜此。
二十五日。全霽。
是爲余初度。余以庚寅日生，嘗鐫一圖記云「惟庚寅吾以降」，爲庚辰時，復自名庚辰。昔神禹得神庚辰之助，遂能導彼決川，以成其功，見《集仙録》。唐太宗時，新羅國太大舒發翰官名金庾信之父，因感夢欲名其子庚辰，而以庚與庾相似，辰與信聲近，名庾信代之，此殊可笑。歲之庚戌，從師授三關轉運河車法，號庚玄。《考古録》：古有器，銘文極古，惟辨「庚玄」二字，又號「玄玄子」，義見《真誥》。屬先大夫故號「玄池」，雅所稱也。病卧謝一切緣想，號「禪卧」。嗜藥如嗜醖，號「醖藥生」。喜林木，視猶衡門之下，號「手援紫藟挼碧草居士」。素稟執直，號「斯民也」。遇世多所愠訾之，號「人之小人」。《老子》曰「名可名，非常名」，「非常名」，故名可多，可多故根淡，淡也乃賓于道。

楚人甘霖以所作百刻爐相貺。用木爲之，其上凡九十六孔，分十二時，時各八刻，每至刻則香烟出從其孔。其所造香，按《法則準方》云：青遠一斤，獨活、山奈、辛夷、甘草、松藁、本官桂各五錢，大黄、茘枝殻各二兩，白芷、檀香各一兩，細末香一斗，共磨爲末，以磁罐收貯聽用。每一晝夜用香末六錢。

沈商丞以雙鈎松雪《神仙篇》爲祝，係張正見、盧思道、王融、陳思王、郭景純詩詞，書法得李北海筆意。

二十六日。復雨。

得所抄鄭端簡《昭代遺聞》二卷舊文。端簡致政後，多寫朝家故實，藏壁間，子孫匿之，今何幸出此？此皆《吾學編》所遺，秘不示人者，其中是非頗與《吾學》相悖，然此尤信筆也。

偶讀《大戴禮·曾子制言》，云：君子之爲弟也，行則爲人負，分重合輕，斑白不任也。無席則寢其趾，寢猶止也。使之爲夫人則否。」注：「夫人行無禮也。」笑指夫人之語爲怪，因襍以時輩嘲謔。米君夢見之，遺一緘示云：「未肩世事，時惟著作一事可以寄心。然所寄惟閑心、遠心、大心等心，濟利心、稽古心六種，非惟重已抑，且淑人於此不檢，必有放言雜於中，此皆便不登大儒案頭。夫禪家修道有五蓋作魔，五蓋者，一曰貪慾，二曰嗔恚，三曰睡眠，四曰調戲，五曰疑悔。此五蓋於人，此去彼來，把持無間，惟返照者知之，惟得戒者勝之，不獨害道，且亦害學。前見記中有男色一端，以涉調戲，非前六心，幸并删去，便成佳書。」既感其言，乃乙去諧喙，并述其誨旨，用創來兹。

二十七日。秋分。雨。

氣體柔脆，殊不堪當風，傳「神仙粥」方，試之，因識於此。其方專治感冒、風寒、暑濕之邪，并四時疫氣流行，頭痛、骨痛、發寒、惡寒等症，初得一二三日，服此即解。用糯米約半合，生薑五大片，河水二碗，於砂鍋内煮一二滚，次入帶鬚大葱白五七個，煮至米熟，再加米醋半小盞入内和匀，取起乘熱吃粥，或只吃粥湯亦可，即於無風處睡之，出汗爲度。

部請廣壬子解額，胄中北六人、南四人，疏皆報聞。故事，胄中以三十名爲率，其五人爲儒士、醫生等。今制壹歸胄中。蓋嘉靖時改歲貢之制，必考選應貢，貢至京師者，皆求應鄉舉於京圻，諸生惡之，有言於朝者。蓋歲貢生多南方才士，北人所憚也。時禮書夏言建議，兩京人才本不及江浙，先朝以爲京都四方所集，有國子監，有各部歷事、監生、吏員、知印、承差、算手，有太醫院醫士、鴻臚生，故舉額一百三十五人，今宜定制，京圻諸生得額百名，外省諸人得額三十五名。於是群議遂息。余嘗記丁酉歲有寺丞傅好禮者，條革選貢一疏最可笑，云「童生未幾而生員，未幾而選貢，又未幾而監生，又未幾而舉人，又未幾而進士，何其紛紛不憚煩也」。因又比監生于襍流，照昔儒士、醫士、天文生、吏員、厨役之五項，欲每止中一人當事。以其言不倫，置不題覆。

先大夫遇艱大事，挺力直任，鄞相沈一貫每云：「浙人囥頭豨，項君乃獨往。」余作行狀，曾述其語，「囥」作「抗」字，覩《戒菴漫筆》，知爲「囥」，但韻書無此字，不知何本。

二十八日。晴。

邸報：户部覆裁應天監兑。先是，浙江巡撫甘士價以浙中監兑爲冗員，疏請裁之。于是江西、湖廣、河南、山東等省皆裁如浙。至是，應天府請照五省例，部如其言。蓋監兑之設，原自正統始，已曾革于隆慶三年，再復於萬曆七年。疏又云，查監兑舊例，廪給公費有編，吏書口糧有編，門快、輿皂、工食、賫奏、路費有編，衙門器物有編，大約每省每年不下千金，撫按宜檄行道府逐一細查，通行查革，減編于民，就於賦役册内扣除明白。大刊告示，多給各州縣張掛鄉市，曉然使百姓共知。仍將減過錢糧項款，限三月内造册報部備查。如是，庶撙節愛養，議革不爲虚文耳。頃觀吾郡殊有不然者。監兑雖屬欽命，與各州縣體稍尊，而情則相洽，故各州縣亦得以其力庇民，轉其權屬之藩司督糧者。此則上下司體統倍嚴，下吏惴惴奉惟謹，凡一湓郡，諸糧長所由彌縫而津費于左右隙穴者，當不啻過之。審所謂利不百、不變法是也。

二十九日。晴。

小兒醫殳仰峰説：察痘疹欲出，體遍發熱，惟兩手中指、耳墜處、尾閭骨三者如冰冷。以手掌中央按之可驗。又，孩提變蒸長骨格智意，必作熱，其唇尖上泡發亮光爲準，勿誤作他看。車前子一味，蜜爲丸，治痢疾效。病水蠱者，用其梗煎湯浴下身，小便多遺溺，其腫頓消，即俗云蝦蟇草是也。

仰峰妻嘗患腸癰，右刺痛，足下不能伸，拳如蝦。穿山甲末服之，立刻覺寬解，便中去膿血盈桶。癰口難收，遇人令以貼瘡癤膏藥丸服之，數日差。

《西厢》人稱爲《春秋》，或云其曲止有春秋，而無冬夏，故名。曩有指揮某守山海關，一貢生乞入關，指揮問云：「貢生治何經？」答曰：「《春秋》。」指揮問：「《春秋》首句云何？」貢生言：「春王正月。」指揮大笑：「此非真貢生。《春秋》首句乃是『游藝中原』。」乃將貢生朴之。貢生入關泣訴其故，督撫大笑，逮指揮至，云：「貢生如何擅朴？」指揮不能答，仰視督撫，督撫云：「汝不必望眼連天。」呼隸人朴指揮，云：「且打他『雪窗熒火二十年』。」指揮被責，繞地旋轉叫號，督撫云：「汝『脚跟無綫如蓬轉』。」杖訖，指揮出籲天云：「今日幾乎打殺！若督撫道『鵬程九萬里』，此命合休矣！」一時哄傳都下。時丘仲深閣老在都聞之，云：「我一日出外，見書肆有揭書云：『出賣《崔氏春秋》。』丘云：「我特未見《崔氏春秋》，急取觀之，《西廂》也。」

有舉葬地徵應之有無者，因舉前輩兩論示之，附載此。蓋余所藏《張江陵遺稿》，則極言不足信，而吾鄉鄭端簡又云多有驗者。

張江陵居正云：

世言葬地能作人禍福，謂葬得吉壤，家必興隆，得惡地，家必衰替，若影響桴鼓之符應者，悉妄也。夫人死則精神消散，魂氣飛揚，其奄然僵卧者，體魄也。譬之人睡則陽氣出游，觸感成夢，當其夢時，栩栩然不知身之在于床笫也，覺乃知之。人死，大夢也，不復覺者也。《易》稱：精氣爲物，游魂爲變。精魂，氣也，故能感而通靈，變而化物。是以人禀正氣之厚及强死而氣未散者，類能爲鬼神，作禍福。若體魄則塊然無知，與土石等耳，雖得吉地，豈能養之以通靈乎。故古不墓祭，以爲祖考之神靈不在是也。《詩》言「文王在上，於昭于天」，《傳》言「忠臣、義士、聖賢之流，死或爲五星之佐」，故傅説栖神於箕尾，蕭何降精於昴宿。《記》言：「骨肉斃於下陰爲野土，其氣發揚於上爲昭明，薰蒿悽愴，此百物之精也，神之著也。」夫以死者爲有知也，則其靈在魂而不在魄矣，其靈既不在是，又安能司人之禍福乎？夫人之情，豈不欲其子孫累世貴顯富厚不絶哉？方其生時，魂强神王，知能思，力能行，然欲爲子孫圖慮長久，亦有不能盡如其願者，死後枯骨，乃能庇覆其後人乎？若謂憑藉地靈，乃能垂蔭後世，則人凡欲爲子孫計者，速死而已，惡用生爲乎？《書》言「作善降祥，作惡降殃」，《易》曰「積善之家，必有餘慶，積不善之家，必有餘殃」，斯天道也，然亦有不盡然者。今曰家之興替皆係于葬之吉凶，則人欲避殃而趍祥者，惟取必于地而已，又惡用作善爲哉？且灾祥禍福之柄，既係於地，則彼蒼蒼者又將安所司乎？天包乎地，地不能大于天，災祥善戾之感，在天道猶不可必也，而況于地乎？上古人死，則舉而委之於壑，後乃歸而掩之。當其委壑之代，人亦有貴有賤，有榮有枯，有貧有富，有壽有夭，彼無葬地也，是又孰爲之乎？旃裘之國，親死則棄之于野，經月不視，俟虎狼野獸食盡，以爲送終。西方之俗，盡從火化。彼諸國人，亦有貴有賤，有榮有枯，有生有死，有貧有富，又孰主之乎？今吴越之間有水葬者，魚鱉之腹，人之丘隴也，彼其子孫亦有通顯貴盛，累世富厚者，是又孰爲之乎？黄帝葬于橋山，藏之衣冠耳。堯葬濟陰，坎而不墓。舜葬蒼梧，二妃不從。禹葬會稽，不改其列。殷湯無葬處。文王將葬，雪深及牛目，反棺而旋，改期而葬。彼皆身爲帝王而葬禮如此，然其子孫爲天子諸侯，歷世享國者千有餘年，此其尤大彰明較著者也。至若匹夫編户之氓，貧窶窮約，或掩骼荒丘，寄骸叢壘，而子孫崛起暴貴者，又不可勝數也，是遵何術哉？

是知上古死而不葬，中世葬而不墓，近古墓而不擇地，不拘時日。今之言相地卜兆者，皆季世希覬之私，謬妄無稽之論也。

且《青囊》之書，始於郭璞，彼固精於其術者，葬其親也，宜得吉祥善地，而身爲王敦所殺，後裔無聞。若曰災禍之來，其數有必不可逃者，則人之博求吉地，欲以避殃致祥者，又何爲者哉？

近世言堪輿者，皆宗江右曾、楊二姓，今江右之區，貴門世族踵相接也，乃二姓之後未聞有顯者。彼其祖何獨不求一善地，以自庇其後人乎？又何工於爲人謀而拙于自爲謀乎？若曰地可遇而不可求，則人亦惟遇之而已，又何求爲乎？

往吾奉命爲穆考卜地于西山，得大峪之兆。時户部張某者，自言素精厥術，視之曰：「不吉，如葬之，不出一年，當有奇禍。」吾正色責之曰：「公爲大臣，何乃輕出此不祥語？」彼乃不敢復言，而群議始定。今葬之六年矣，主德日明，方内乂安而四夷賓服，彼所謂奇禍者，果安在歟？

近時高相公老而無子，或告之曰：「公祖塋不佳。」求吉地而遷焉。新阡甫啓，棺之前和未掩，而痰厥于墓側矣，舁而歸，遂成痿痹。乞嗣未得，身已先隕，惡在其爲吉壤乎？又如吾郡某氏子者，平生酷好風水之術，彼自以身爲諫議，諸子皆發科第，繇於祖地之善也。乃益求善地以大厥宗，不遠數百里，隔疆越邑以求之，窮年跋涉，遠勝尋龍，計取力争，靡所不至，卒得佳處以自葬。葬後數年，貴子物故，家道遂衰。又如吾郡某氏子，本出中族，其先皆葬於江干，草草而已。及渠爲御史，或告之曰：「城北十里郵亭，佳地也。」請於有司而得之，以葬其父，一年而官敗矣。彼兩家者，皆未得吉地而顯貴，已得吉地而衰替，禍福之變，然乎否耶？凡此皆吾耳目所覩記，非誣言也。至如江南巨室停喪待地，有子不葬父，孫不葬祖者，纍纍淺土，或被盜發，或因山興訟，竭貲求勝，至於滅門逮死而後已者，將來之福尚屬杳茫，見前之禍輒已蒙被。吁嗟愚哉，可悲也已。

或曰膏沃之壤，華實必茂，剛鹵之區，根荄靡託，物理如此，何得言無地脉乎？此殆不然也。夫地之美者，以其能生物也。然使樹枯木朽株于其間，則雖得善亦未有能生者矣。今言地之善者（不），能使枯骨復華，僵尸再起乎？若謂風藏氣聚則體魄安，要或閱千百年而不化，則有風吹倒轉，螻蟻嚙食之變，使死者體魄不安，禍及子孫，此大惑也。夫人死，枯木朽株耳，雖不化奚益？戰死之人，脂膏草野，肉飽烏鳶，而其子孫亦有富貴顯赫者，安在其能貽子孫之禍福乎？且體魄無知，亦無安與不安也。

或謂古者建都立邑，皆必據形勢，相水泉，故曰「我卜澗水東，瀍水西，惟洛食」。今民間作一室，猶必審向背之利，納陰陽之和，何獨陰宅可無擇乎？此又不然也。夫建邑築室，爲生人計耳，故必據形勝，相水泉，審向背，納休和，而後生人蒙利。體魄無知，何所愛憎乎？又何關於人生之休戚乎？

或謂術家之説，往往多驗，苟無其實，何能逆覩于將來乎？此又不然也。夫相地之法，如射覆然，未有的然知其中之所存者也。有地於此，使三人視之，一曰吉，一曰凶，一曰先凶而後吉，或先吉而後凶。而貴賤榮枯、貧富壽夭者，生人之所必有也，他日出於吉，則言吉者驗矣，出於凶，則言凶者驗矣，出於先凶而後吉，或先吉而後凶，則言先後者驗矣。而世皆傳其驗者，不傳其不驗者，故謬悠荒唐之説不聞於人，而臆度幸中之談獨存於世。况術家者流，每挾奇以誑俗，飾淺以驚愚，而流俗之見未有不見惑於禍福之説者。故其術難窮，惡在其爲多驗乎？

或曰：禍福之説固不可以是拘拘爲也。然以祖考之遺體委而棄之，略不加意於心，寧能忍乎？子之言葬也如之何？曰：葬者，藏也，欲人之弗見也。人死則厝之草莽之中耳，平衍窈奥，兹焉允藏。毋居險仄，恐其崩也。毋近水澤，恐其陷也。掘地爲坎，衣周於棺，土周於槨，反壤樹之，一瞑而萬世不視矣。其速化耶，吾烏乎知之？其不化耶，吾烏乎知之？其化與不化，又何足爲休戚耶？反哭而虞，設主於室，奉神靈而永孝思焉，而送終之事畢矣。若夫世之延促、家之隆替，命也，吾何知焉？君子强爲善而已矣。

吴季子適齊，其子死，即葬於瀛博之間，深不及泉，其高可隱也。掩而號之曰：「骨肉歸于土，命也。若魂氣則無不之也，無不之也。」而遂行。彼以爲此天地之委蜕也，無之而不可藏也，奚以之故國之歸而勝地之求乎。嗟乎，若季子者，斯可謂明也已矣，可謂遠也已矣。

右篇爲中書周大珪録藏，云丁丑江陵值太君之變，當路以靈山爲獻，撚管立就此却之。生平絶不信風水者，後乃以葬地罪之，冤矣。

鄭端簡曉云：

風水之説，名人少信之，惟朱子最信風水。昔宋仁宗葬真宗，擇地不精，果無子。哲宗、高宗亦然。寧宗葬孝宗土肉淺薄之地，寧宗、理宗相繼絶嗣。宋人專主國音，但取坐丙向壬之穴，已失古禮負陰抱陽之意矣。然擇穴亦不必專專求山，但取其吉則止，我仁祖皇陵亦在平地。不必拘於一處，漢諸陵各爲一縣，豈必古人族葬之禮耶？今孝陵在南都，長陵、獻陵、景陵、裕陵、茂陵、泰陵、康陵皆在天壽山，則穿鑿既多，靈氣必洩，雖有吉地，亦無全力。况祖陵之側，數興土工，能無驚動乎？

朱子云：葬之爲言藏也。以子孫而葬祖考之遺體，則必致謹重誠敬之心，以爲安固久遠之計。使其形體全而神靈得安，則子孫盛而祭祀不絶，此自然之理也。又曰：凡擇地者，又先論其主勢，力之强弱，風氣之聚散，水土之淺深，穴道之偏正，力量之全否，然後較其地之美惡也。

我孝宗葬地不善，主事楊子器言其下有水，泉下之獄，已而武宗果無子。當是時，皆言孝宗嚴御内宦，將奪其權，以故宦者葬之水中。悼靈皇后葬時，胡端敏亦請少緩日月，務擇善地，不宜于祖宗陵寢之旁營發太多，洩祖陵之佳氣，犯祖陵之方道。時不能用，已而中宮繼廢，聖躬頻歲不安，己丑以來，四方歲歲有軍旅饑饉之憂矣。

又云，風水之説，見諸經傳。觀之《詩》，言太王、公劉、衛文公皆升望降觀以測天景，以審地方，以察物産。周公營成周，亦擇地而塗鄙。河洛固形勝地也，商人五遷，皆在河濱，無山陵之倚，故父子相世者少，而兄弟相及多也。

至于葬地，尤宜慎擇。論者謂葬不擇地，居必度室，非也。土宜土圭之法，雖爲都邑宫室，要之，人生天地間，居室幾何？藏土歲月，何可計也？朱晦菴深信蔡元定之説，山陵之議，以忠賈禍，豈不悲哉？

予嘗謂，今海内東南多水，西北多山，多水則空，多山則實，故自古及今，在帝位者多非長子。六經之前，固不足深信，粤自帝堯，以次子起唐侯爲帝，元子朱不肖，讓之舜。舜子又不肖，讓之禹。禹纔傳之太康，又失國。傳之弟仲康、成康，元子早世，後世子孫往往兄弟相及。及至周王季以季子爲侯，武王以仲子有天下。秦亦少子。漢惠絶嗣，文帝亦少子也。光武中興，亦仲子。唐太宗、宋太宗，皆仲子。我朝高王取天下，元嗣懿文太子薨，元孫建文帝失國，文皇帝第四子也。近世百年間，中宮無子嗣，天子者皆妃嬪子也。今天子又自藩王入繼大統，豈非天地間大風水致然哉？

鹿初生，雄者鼻邊有缺。鶴初生，雄者眼傍別見紅點。

驢馬食管仲即貫衆。三五日易肥，駔儈多用此欺人。

三十日。晴。

聞季父玄海北闈之捷，有述萬蓋吾言：此真可謂五子登科矣。蓋云吾族正德丙子爲先曾伯祖錫，嘉靖壬子爲先伯祖治元，甲子爲先伯祖元深，萬曆丙子爲叔祖元濂及先伯承芳，戊子爲先叔良枋，庚子爲兄利賓，壬子則今季父也。

食黃雀甚肥。黃雀八月中候西風則來食穀，後再見西風亦去，惟長溪陶莊者稱道地。打生人云，蘆瘟年則盛張網，時在黃昏五更二時，以錢置掌中試之，辯字則舉彈也，過早過晚皆不可彈。音談。以篾爲之，兩人共曳，黃雀宿蘆頭，輒而向前，則跳入于網。無錫隣界春間間有之，謂之「回春黃雀」。

《清波雜志》：蔡京庫中黄雀鮓自地積至棟者，滿三楹。《癸辛雜識》謂王黼庫中。

張海玥遺書至，索借盧少楩《蟣蠓集》。因讀其張佳胤序云：「余客燕市，申考功儀卿語余曰山。下闕。

呼桓日記卷之五

九月朔。晴。

擬發信心，月持齋素數日。病初起，猶慮傷脾，揀寫方藥數事，聊普慈惠。

指甲刮薄末，點目中，去翳甚妙。

土虺一名秃虺。蛇傷人不治，害最甚。用水牛耳中垢膩敷咬處，效。甚者多取遍敷。又方云：急摘桑葉，取白汁滴患處，效。

鶴膝風，以蝦蟇用碗鋒略破，腹有縫，不可穿，縛置患處，待動脅，移時受毒輒死。如前再易一枚，不過二三枚，愈。又云：發背亦可照此治。

發背，用蒼术去黑皮，地龍、即蚯蚓。鹽梅即霜梅。等分搗爛成泥，猪膽調，圍四周空頭，漸愈。或云是孫真人方。

人被虎傷，服香油則其毒可解。獵户多用之。

宋趙溍曰，凡人溺死者，鴨血灌之可活。

凡有風狗、毒蛇咬傷者，只以人糞塗傷處，甚妙。新糞尤佳，諸藥不及此。

中滿腹脹，食黄鼠狼甚妙。

廣瘡，只用乾荷葉一味濃煎湯當茶，日逐飲之，盡量而止，不過六七日愈。

又方：用麥母子草根擣汁，和好酒同服，即愈。其草須取竹中無露水者爲上。

黑豆丹方：四季用黑豆五斗，淘洗乾後蒸三遍，去皮。大好蔴子三斗，浸一宿控出，蒸三遍，令開口，去殼。用豆五升，蔴子仁三升，作小料亦可。右先擣豆黄爲細末，然後擣蔴子仁極細，漸漸下豆黄令勻，作丸如拳大，入甑内蒸過。從晨着火，至夜半子時住火，直至天曉出甑，至午時曬乾，擣爲細末服之，但以不饑爲度。不得食一切別物。第一頓七日不饑，第二頓四十九日不饑，第三頓可百日不饑，第四頓千日不饑。如更服，永不饑也。不問老少，但依方服食，令人無有悴憔。渴中飲新汲水，或研大麻子漿水飲之。若要重吃他物，用葵菜子研爲細末，煎湯，冷服下。菜如金色，吃諸物并無所損。此唐劉景先所進者，正德十四年巡撫李充嗣以其方拯民饑甚衆。

荔枝皮不可燒，其香引屍蟲。

初二日。晴。

米君説夢七月中災異。今歲中元後至八月初十以前，太白經天者二十餘日。蓋太白所宜見，在於日之没後、月之出前，當午而見，謂之經天，若見於午後，謂之晝見。

省城法華山一帶，亦是中元後二旬内凡三四次雨血，惟穿白衣者上皆有紅點可驗。繭橋雨血數十丈，臭不可聞，有老人於初湧血之處糞沃之，所經沃二三丈，血即止。此魘法也。

沈千秋欲至濟南太守任，苦乏資費，遺君夢一帖覓母錢家，戲引《三國演義》云：「諸葛亮有言，萬事已備，只欠東風。今東風已備，只欠萬事。」

張元洲知府太名時，濬縣令爲陸莊簡光祖，滑令爲張居崍佳胤。兩令皆被蜚語，直指舉其名詢之於守，答云：「皆公輔之器。」直指云：「兩令横且酷，何當庇之？」

因出揭相示。元洲長跽與辯，歷三十條皆剖析，方雨甚，直指視其款誠爲延，起元洲。甫移步，而堂簷傾折，直指曰：「豈惟令真公輔器，即公亦卜其台鼎矣。」于是從元洲請，兩令剌改爲薦，蓋張公知人之明如此。公素敦誼，晚年緣貧，族女締姻富室，富者必欲鄭重公往。女之始俞婚期，公遂枉重，而晚節爲稍損，然初非有所利之，特處厚之過耳。世無知其隱行，與君夢説及，筆之。

《道樞·指玄篇》云：「木之既濟爲炭，炭壽百年。土之既濟爲磚，磚壽千年。」《通書》云：「晝夜百刻圖，凡每日晝夜一百刻，分十二時，每一時分八刻二分，每刻有六十分。」又云：「循環時刻，今以地盤分十二支時，每時各八刻，以天盤分二十四時，每時止四刻。」吕才云：「晝夜一百刻，分十二時，每時有八刻一分，又在人臨時推測。」按《道樞·大丹篇》：「晝夜十二時，凡一百刻，共六十分。一時者，八刻也。惟辰戌丑未屬土，謂之四季，每辰各九刻爲一時，以四季辰各一刻分爲六十分，以二十分配于四孟辰，以二十分配四仲辰，以二十分留于本位，故各八刻二十分爲一時，每一刻得一百十五息，八刻是爲九百二十息。又分得仲季辰二十分，成四十息，共九百六十息。此一時也。」岐伯曰：「一呼一吸，是爲一息。故分則算分焉，刻則算刻焉，時則算時焉，息則算息焉，於是十二時共得一萬一千五百二十息。」又《金丹篇》：「一日者有十二時，一時者八刻十七分。」

《蠡海集》：「百刻之説，紛紛莫定。惟一説以爲，每刻得六十分，百刻共得六千分，散於十二時，該五百分。如此則一時占八刻零二十分，將八刻截作初正各四刻，却將二十分零數分作初初、正初、微刻，各一十分也。又趙緣督一説，將十二時各分八刻，計刻九十六刻爲大刻，却將餘四刻每刻分作六十分，四刻作二百四十分，每一時中又得二十分爲小刻，如此則一時之中得八大刻，復有二十分小刻，截作初初、正初，各得一十分爲微刻也。其他或以子午二時各得十刻者，或以子午卯酉各得九刻者，或以夜子時得四刻者，皆非也。後夜子時之説，只是在夜半之前，故稱夜子，正如冬至爲起曆之端而居中氣，其前亦係十一月也。是以夜子正在亥時之後，故只有初刻，而無正刻，子時却只有正刻，而無初刻，其意可見也。」

《翻譯名義》：「《西域記》云，時極短者謂刹那也，百二十刹那爲一呾刹那，六十呾刹那爲一臘縛，三十臘縛爲一牟呼栗多，五十牟呼栗多爲一時，六時合成一日一夜。僧祇云，二十羅預名一須臾。須臾，梵云摩睺羅。一日一夜共有三十須臾。」

三日。晴。

今人誚詩惡者則曰「籤經」。《老學庵筆記》載：「射洪陸使君廟以杜子美詩爲籤經，極驗。」陸務觀在蜀，被召往求籤，得子美《遣興詩·龐德公》一篇。此則籤經不礙其爲佳句也。

朝鮮字音皆同中國。有朴姓者，其國讀如「夫」字。姚叔祥云：然考《東國史略》云，漢宣帝五鳳元年，新羅始祖赫居世立。初，高墟村長蘇伐公得大卵於蘿井林間，剖有嬰兒，養之。岐嶷夙成，六部異之，共立爲君，號居西干，方言，「王」也。都辰韓地，國號徐羅伐，以朴爲姓。妃閼英能内輔，人謂之二聖。俗以瓠爲朴所剖，卵似瓠，故姓之。新羅朴氏爲王者十，而後昔、金二氏繼之。然則朴姓係王者後也。

前八月六日記臨摹、響搨數事，而謂硬黄爲一等硬厚紙，并非臨摹別種。頃見《宦遊記聞》，載臨摹、硬黄、響榻四者，其三説皆同，而獨硬黄之説他所未見。云硬黄，謂置紙熱熨斗上，以黄蠟塗匀，儼如魫角，毫釐必見。

四日。晴。

叔祥、蘭齋共把醇旨，相與悼沈繼山司馬，道其二事。

方司馬總督團營時，十二營軍士老邁不堪，因條上每營選勇壯二千，爲十二營先鋒，必弓馬熟閑，膂力過人，方入選格。至今仍之。

又，故事，軍士領糧必每月之初五，而貧軍多越一百里外，勳戚母錢家貣緣與度支，故屢遷其期。貧軍一再領之不得，而驢馬之費略且相當，隨即以糧票賤質之母錢氏。母錢氏厚息收債，糧悉入勳戚家之手，而軍無科粒及矣。司馬公先時約諸部，糧放之期決無踰初五者，出入必信。京軍如期赴領，猶取之探囊，費省而惠實耳。

宋同江司馬拜經略朝鮮之命，條議欲多製火藥，用其烟燻逐釜山諸倭。浙撫臺劉用齋問馮具區司成云：「此出何兵法？」馮云：「出在《孟子》，齊人伐句，燕勝之。」蓋借燕爲烟，劉爲之捧腹。

金陵妓馬湘蘭，踰五旬時名猶盛。一年少子弟狎之，臨别去，有嘲者歌琵琶「膝下嬌兒去，堂前老母單」二句，馬大阻喪。薛素素爲沈景倩所收，薛亦年長，時景倩就試北雍，客復舉「膝下」語以嘲。具區云：「沈作别已久，此曲祇應唱『兒夫一向留都下』。」「兒夫」語尤韻，叔祥聞之曰：「司成兩言大可記。」

五日。未申微雨。

客自雪至，言虎鬚剔齒，最霍齒疾。然須同麻布、銀子用綿紙包藏，若不兼此二物，則包内潛自逸去。此亦奇也。

《緯略》：「陸雲與兄機書，曰有剔齒纖一枚以寄兄。」《酉陽雜俎》曰：「仙人鄭思遠常騎彪，故人許隱齒痛求治，鄭拔彪鬚，及熱插齒間，即愈。更拔數莖與之。」所謂纖者，當是此類。

或又言，象尾藏之，亦能遁脱。

六日。晴。

孫瀟湘示朗陵梓《天中記》四十至五十十卷，即坊肆所云續刻者。簡略不該，第依仿《御覽録》梓之。偶讀「黄銀」條，載禮斗威儀。黄銀見一事，《隋書》辛公義自牟州獻之一事，《唐書》太宗賜房玄齡帶一事，并同《御覽》。

今按虞世南草奏真迹中云：「伏蒙聖慈以臣進呈《孔子廟堂記》石本，特賜臣晋右將軍王羲之黄銀印一顆，臣以祗受。蓋在貞觀七年十月。」

顯慶中，監門衛長史蘇恭撰《唐本草》，中稱黄銀作器辟惡，瑞物也。

方勺《泊宅編》曰：「黄銀出蜀中，南人罕識，朝散郎顔京監在京抵當庫，有以十釵質錢者，其色重與上金無異，上石則正白。」

唐《日華子論》曰：「銀凡十七品：水銀、銀白、錫銀、曾青銀、土碌銀、丹陽銀、生鐵銀、生銅銀、硫黄銀、砒霜銀、雄黄銀、雌黄銀、鍮石銀，惟有至藥銀、山澤銀、草砂銀、丹砂銀、黑鉛銀五者爲真，餘則假。又老翁鬚銀，石縫間迸出，是正生銀也。」《本草》曰：「丹砂、雄黄、雌黄，皆殺精魅。」高似孫云：「所謂黄銀者，非丹砂銀即雌黄、雄黄銀也。太宗賜帶之時，如晦已死，故帝曰『黄銀鬼神畏之』。」

程氏《繁露》以爲：黄銀、鍮石屬唐高宗。上元元年詔，九品服淺碧并鍮石帶八胯。則唐固自有鍮帶，蓋賤品也。若黄銀即鍮，何至以此充賜大臣。《拾遺記》：「石虎爲四時浴室，用鍮石、珷玞爲提岸。」鍮石與珷玞等，其賤可知。李時珍曰：「鍮石即藥成黄銅。」又考王莽威斗，以五色石銅爲之，李奇曰：以五色藥石及銅爲之。師古曰：「若今作鍮石之爲。」以此别鍮石爲藥成尤明。唐慎微《證類本草》載：霞子曰，丹砂伏火化爲黄銀，能重能輕，能神能靈。」然則黄銀亦鍛煉所成也。又云：「瑞物黄銀，載於圖經，銀甕丹甑，非人所爲。」既堪爲器，明非瑞物。

七日。鬱熱，至酉微雨滌之。

八日。陰，申後大雨。

翌日落帽之辰，始英當薦，况余病餘，輔體延年，餐菊斯貴。從籬叟覓一二本儲之，云爲淫雨所殺，不可得。

九日。雨。

江總《衡州九日》云：「園菊抱黄花，庭榴剖珠實。」今菊英雖未得餐，而榴實有西馬彈者，植兩本齋中，纍纍競裂，擘食之以暢秋志。西馬彈，開白花，結實皮與子色俱白，大如椀，其甘如飴。不知此即所謂張騫安石榴否？古賦石榴者，多言丹鬚紅萼，赭膚紫房，正似今南方火石榴，其實甘者迥不比白之味佳。惟張協賦稱「數粒紅液，金房湘隔」，然言紅液金房，則亦非白者。此種出，京師尤珍重，一枝留五六實，綴以貢上。盆盎中植之，結實易大，若移之地，其根蔓延，葉抽發花，罕而無實。按《本草》有一種，子白瑩澈如水晶，味甘，謂之水晶石榴，西馬彈當即此種。

唐文宗時嘗以重陽取九月十九日，後復以上巳取十三日。鄭谷賦《十日菊》云：「自緣今日人心別，未必秋香一夜衰。」東坡有「菊花開時即重九」之語，故記其在海南藝菊九畹，以十一月望與客泛酒作重九云。

十日。晴。

凌晨友人以菊花二莖至，起倩整冠，仿坡老泛酒作重九賞之。李供奉「昨日登高罷，今朝再舉觴」，嚴正文「宿醒猶落帽，華髮强扶冠」之句，皆此日即事也。

十一日。小雨。

困卧不支覺，藥杵聲擣醒殘夢，禁不理筆硯者竟日。

十二日。寒露。晴。

是日始握髮，移屐東郊，雞犬人烟，步眼生疏，擬同隔世。偕陸甥赴外父宅小飲，始饌秋鳥。秋鳥之類有三，每隻重八兩者曰華鵠，重四兩者曰花雞，二兩者曰鑽籬，皆來自海外，毛羽可辨，屢權之無爽，味略等黄雀而尤肥。

十三日。晴。

人事紛控，乃輟筆。

附 壽項孟璜太史四十序 明崇禎刻本《晚香堂集》卷七

陳繼儒

吾友孟璜項太史，以甲寅四十，社兄弟酌大斗壽之堂。孟璜謝曰：「蘇學士文章遍天下，而集中壽言不少見。徵文侑觴，非古也。」陳子曰：「《三百篇》頌禱之詩，十居二三。春秋卿大夫聘問諸國，輒賦詩飲酒以爲壽，豈論小年大年哉？孟璜僅四十，其胸中包絡古今之書幾萬卷，其目中歷盡菀枯譽誹、向背炎涼之態幾百變。蓋年雖少，而文行則祭酒也，衡量裁鑒，則老尊宿也。孟璜不觴，誰當壽者？」孟璜亦笑曰：「我嘗攬鏡自照，視渭川叟則誠少，若以視周郎二十四而經略中原，則太老矣。諸君不我觴，又誰當壽者？雖然，非我志也。江南卑濕，四十早衰，吾嘗心憐梁武之言，而不意身遘之。蓋少而成名，長而冉冉林藪者且數年矣。」

陳子曰：「寧惟孟璜？昔君家小司馬少溪公，負經世之略，與江陵牴牾歸。玄池公勑兵薊門，脱叛卒數千人於死地，竟未及通顯而止。憐才者如春風，拂面便消；忌才者如嚴霜，一寒透骨。項氏之不遇也，獨孟璜也歟哉？今孟璜知命待時，闔門養重，非異人不迎，非異書不讀，舌記而掌録，朝修而暮纂，豈特木天貴人無此精專，即蘭臺石室之藏，恐未必見此秘籍耳。悠悠俗目，不盡知孟璜，而孟璜亦不屑求知於當世。書癖以破岑寂，酒癖以破牢騷，好古之癖以破俗韻，其他非爲德於鄉，則節口量腹，以緩急其族之貧者，雖客至罍恥，歲詘橐恥，勿問也。方今中外時局，以争殿之虎而角戰野之龍，以雌黄之口而灑玄黄之血。明哲君子，非學申屠蟠，則徐孺子耳。假令孟璜而處今日，既不願奪捷走險以挑時譽，又不能庸庸悶悶，爲無口瓠、不鳴蟬，則何如擁書南面，高卧北窗之爲快也。子瞻遷謫時，當海舶遇風，如在高山，墜深谷中，長希恩放歸里。得款段一僕，往來瑞草橋，便如極樂園。古人功名仕宦之際乃如此。今孟璜家食之樂，不啻過之，而况著書日益多，清名日益著。幸而遇，爲晚年之蘇學士，不則猶勝窮山瘴海、萬里未歸之子瞻。孟璜安往而不自得哉？美酒速飲而無味，積薪在高而先焚。蠖蟄必申，鵬息必飛。孟璜尚四十，盛衰倚伏，名位未可量也。」

於是社兄弟斠酒起爲壽，大笑而别。

藝　文　叢　刊

第　七　輯